27562

CATALOGUE
DES PLANTES

Cultivées en 1868-1869

AU NOUVEAU

JARDIN BOTANIQUE DE METZ

A FRESCATELLY

Par J.-B. GÉHIN

Membre de la Commission municipale chargée de la surveillance des Jardins
et Promenades publiques de Metz.

(Extrait du Bulletin de la Société d'Histoire naturelle de la Moselle,
année 1868).

METZ

J. VERRONNAIS, Imprimeur de la Société d'Histoire naturelle
de la Moselle.

—

1868

CATALOGUE

DES PLANTES

Cultivées en 1868–1869

AU

NOUVEAU JARDIN BOTANIQUE DE METZ

A FRESCATELLY.

Dans sa séance du 16 décembre 1865, le Conseil municipal de Metz a autorisé l'administration à traiter de l'acquisition de la propriété de Frescatelly pour y transporter le Jardin Botanique établi à Metz, en 1806, dans les dépendances de l'ancien couvent des capucins.

Il faut bien reconnaitre qu'après une prospérité de vingt années, le jardin, mal entretenu, a été presqu'entièrement abandonné du public ; résultat qu'il faut attribuer à une longue période de mauvaise administration de cet établissement, à la suppression de l'école d'instruction de médecine militaire et surtout à l'absence des cours de Botanique si brillamment inaugurés par Hollandre, et continués par Fournel jusqu'en 1840.

La question étant définitivement jugée, il faut maintenant mettre à profit l'expérience acquise et se conformer aux goûts actuels du public en lui offrant, à la fois, un jardin d'agrément, une école pratique d'horticulture et, si faire se peut, lui apprendre un peu de botanique sans trop de raideur scientifique ni de nomenclature abstraite et compliquée. Telles sont, Messieurs, les idées qui ont prévalu dans le sein de la commission municipale chargée de la surveillance des jardins et des promenades publiques de la ville de Metz. Toutes les plantes qui seront cultivées à Frescatelly porteront une étiquette; mais, comme celle-ci ne saurait fournir toutes les indications qu'il serait utile de faire connaître au public, il m'a paru indispensable de compléter ce laconisme obligé par un catalogue méthodique où la plante occupe sa place dans la série scientifique; catalogue dans lequel j'ai ajouté, pour chaque espèce, sa synonymie latine, ses noms vulgaires, son origine, son utilité, ses usages, etc., etc.

Une première somme de 500 francs a été mise, pour 1868, à la disposition de la commission et lui a permis de faire faire mille étiquettes pour les premières plantes cultivées dans le nouveau jardin. Cinq cents de ces plantes environ, ont été choisies, parmi celles qui présentent une culture plus facile, une utilité pratique ou une organisation nécessaire à l'étude de la botanique; ces plantes figurent dans la partie du jardin consacrée à l'école. Les autres plantes cultivées pour l'ornementation, ainsi que les arbres ou les arbrisseaux qu'il ne convenait pas d'introduire dans les plates-bandes de l'école, sont disséminés dans la propriété de Frescatelly, et, après une installation plus fixe que celle d'aujourd'hui, il sera possible d'indiquer au visiteur la place occupée par la plante dont il voudra étudier les caractères, de même que, maintenant déjà, le public peut se renseigner sur toutes celles qui portent une étiquette.

Aucune des nombreuses classifications qui ont été proposées par les botanistes pour les végétaux, n'est à l'abri de critiques plus ou moins graves, mais en général presque toutes bien fondées. L'impossibilité, reconnue aujourd'hui par tous les naturalistes, de disposer dans une série linéaire continue toute une classe d'animaux ou de plantes, permet, dans l'arrangement d'un jardin botanique, de prendre indifféremment la classification de Linné, celle de Jussieu, celle de Decandolle, etc., etc. Cependant, comme dans une installation nouvelle, il convient de se conformer aux travaux scientifiques les plus récents, et surtout de ne pas trop s'écarter des habitudes généralement consacrées dans les établissements analogues, j'ai adopté la classification établie en 1844 par M. Brongniard, lors du recensement général fait à cette époque dans le Jardin Botanique du Muséum.

Ce premier catalogue, que nous soumettons au jugement du public, recevra-t-il son approbation? Pourrons-nous nous féliciter de lui avoir appris quelque chose sans trop le fatiguer? Parviendrons-nous, en restant dans les idées que nous venons d'exposer, à donner au nouveau Jardin botanique de Metz, le cachet pratique qui tend à s'introduire partout ? Telles sont les questions dont un prochain avenir nous apportera la solution ; puisse celle-ci être conforme à nos désirs et propre surtout à encourager les efforts de l'administration !

La Société d'histoire naturelle de Metz, qui reçoit maintenant une subvention annuelle de la ville, contribuera puissamment, croyons-nous, à la propagation de l'étude de la botanique en publiant dans son prochain bulletin le premier catalogue des plantes de notre nouveau jardin botanique et plus tard les suppléments que nécessiteront les nouvelles acquisitions ou les dons des plantes utiles ou d'agrément qui viendront augmenter ou rajeunir les collections, provenant de l'ancien jardin de la rue des Capucins.

Grâce à l'obligeance de notre savant et bienveillant président, j'ai pu éviter bien des erreurs dans le catalogue que j'ai l'honneur de déposer sur le bureau de la société. Après avoir consacré tous ses efforts pour empêcher le dépérissement de l'ancien jardin, dont les ressources étaient devenues insuffisantes, j'ai eu raison d'espérer que ses conseils ne me feraient pas défaut, quand il s'agirait d'installer Frescatelly. Si le public approuve un jour les mesures prises pour l'arrangement de la nouvelle école de botanique, il est bon qu'il sache que c'est à M. Monnard qu'il le devra ; de même qu'il lui doit déjà d'avoir sauvé d'une ruine presque complète l'élément scientifique qui, dans l'ancien jardin et dès 1810, avait toujours été le seul but auquel on voulut atteindre.

Metz, le 31 Octobre 1867.

J.-B. GÉHIN.

CATALOGUE DES PLANTES.

―――⁕―――

Famille des **Félicinées.**

1 . Ceterach officinarum , C. Bauhin.

Ceterach officinal. — *Ceterach gymno-gramne.* — *Ceterach.* — *Daurade.* — *Asplenium ceterach ,* Linné. ♃ [1] — Moselle, sur les vieux murs, fructifie en été. — Plante médicinale (inusitée aujourd'hui.)

2 . Polypodium vulgare , Linné.

Polypode. — *Polypode de Chêne.* ♃ — Moselle, dans les bois, fructifie en été. — Plante médicinale, peu usitée.

3 . Polypodium Dryopteris , Linné.

Moselle. — Fructifie en été. ♃ — Plante d'ornement. — Serre tempérée.

4 . Polypodium Calcareum , Smidt.

Moselle. — Fructifie en été. ♃ — Plante d'ornement. — Serre tempérée.

5 . Adiantum Capillus Veneris , Linné.

Capillaire de Montpellier. ♃ — France méridionale. — Plante médicinale et d'ornement.

[1] ♃ signifie plante vivace.

2

6. Adiantum pedatum , Linné.

> *Capillaire du Canada.* — Plante médicinale et d'ornement. — Amérique septentrionale.

7. Pteris aquilina , Linné.

> *Fougère. — Fougère commune. — Grande fougère.* ♃ — Moselle. — Fructifie en juillet. — Plante d'ornement trop négligée.

8. Blechnum spicant , With.

> *Osmunda spicant,* Linné. — *Blechnum boreale,* Sw. ♃ — Vosges. — Fructifie en juin.

9. Sthruthiopteris Germanica , Wild.

> *Osmunda struthiopteris,* Linné. ♃ — Plante d'ornement. — Vosges. — Fructifie en juin.

10. Asplenium Ruta muraria , Linné.

> *Rue des Murailles. — Sauve-vie.* ♃ — Plante médicinale, peu employée. — Moselle.

11. Asplenium Trichomanes , Linné.

> *Capillaire. — Politric officinal.* ♃ — Moselle. — Médicinale.

12. Asplenium septentrionale , Hoffm.

> *Doradille septentrionale. — Acrostichum septentrionale,* Linné. — Vosges. ♃

13. Scolopendrium officinale , Sm.

> *Scolopendre. — Langue de cerf. — Herbe à la rate. — Asplenium scolopendrium,* Linné. ♃ — Plante médicinale. — Cultivée pour l'ornement. — Moselle.

14. Polystichum spinulosum , DC.

> *Aspidium dilatatum,* Sw. — *Polypodium aristatum,* Vill. — Moselle. ♃ — Fructifie en été. — Plante d'ornement.

15. Polystichum filis mas, Soy.-W.

Aspidium filis mas, Sw. — Polypodium filis mas, Linné. — Fougère mâle. ♃ — Fructifie en été. — Moselle. — Plante médicinale et d'ornement.

16. Aspidium aculeatum, Sw.

Polysticum aculeatum, DC. — Polypodium aculeatum, Linné. — Moselle. ♃ — Fructifie en été.

17. Cystopteris fragilis, Berh.

Aspidium fragile, Sw. — Polypodium fragile, Linné. — Cyathea fragilis, Sw. ♃ — Fructifie en été. — Moselle.

18. Athyrium filis femina, Roth.

Aspidium filis femina, Sw. — Cystopteris filis femina, Germ. — Polypodium filis femina, Linné. — Fougère femelle. ♃ — Moselle. — Médicinale inusitée. — Fructifie en été.

19. Osmunda regalis, Linné.

Osmonde royale. — Fougère fleurie. ♃ — Vosges. — Fructifie en juin. — Médicinale, inusitée. — Plante d'ornement.

20. Ophioglossum vulgatum, Linné.

Herbe aux cent miracles. — Herbe sans couture. — Langue de serpent. ♃ — Vosges. — Médicinale.

21. Botrychium lunaria, Sw.

Osmunda lunaria, Linné. ♃ — Vosges. — Fructifie en juin. — Culture difficile.

Famille des **Lycopodiacées.**

22. Lycopodium selago, Linné.

> Vosges. ♃ — Fructifie en été. — Plante d'ornement.
> — Culture difficile.

23. Lycopodium denticulatum, Linné.

> France méridionale. ♃ — Plante d'ornement, for-
> mant gazon.

————

Famille des **Equisétacées.**

24. Equisetum arvense, Linné.

> *Queue de rat.* — Moselle. ♃ — *Prêle des champs.*

25. Equisetum eburneum, Roth.

> *Equisetum Telmateya,* Ehr. — *Equisetum fluviatile,*
> Sw. ♃ — Moselle.

26. Equisetum limosum, Linné.

> *Prêle des bourbiers.* ♃. — Moselle.

27. Equisetum hyemale, Linné.

> *Prêle d'hiver.* — *Prêle des tourneurs.* ♃ — Vosges.
> — Fructifie en été. — Les tiges sèches sont employées
> pour polir le bois.

————

Famille des **Graminées.**

28. Zea Mays, Linné.

> *Maïs cultivé.* — *Blé de Turquie.* — *Blé d'Amérique.* ☉[1].
> — Originaire d'Amérique. — Cultivée. — Alimentaire.

[1] ☉ signifie plante annuelle.

29. Oryza sativa , Linné.

> *Riz cultivé.* — ⊙ — Orignaire de l'Inde. — Serre chaude.

30. Phalaris Canariensis , Linné.

> *Alpiste.* — ⊙ — Originaire des Canaries. — Cultivée dans le Midi de la France. — Alimentaire.

31. Phalaris arundinacea , Linné.

> *Calamagrostis colorata ,* Sihlb. — *Phalaris bigarré.* ⅄ — *Ruban de bergère.* — France.
> *a.* Variété *Picta ,* cultivée pour ornement.

32. Panicum digitaria , Mut.

> *Digitaria paspaloïdes ,* Mich. — *Paspalum digitaria ,* Poir. — *Panic distique.* — Originaire d'Amérique, naturalisée dans le Midi. — Cultivée.

33. Panicum miliaceum , Linné.

> *Panicum esculentum ,* Mœnch. — *Mil.* — *Millet.* — Cultivée. — ⊙ — Orignaire de l'Inde.

34. Panicum Italicum , Linné.

> *Setaria Italica ,* Palis. — *Panicum germanicum ,* W. — *Millet des oiseaux.* — *Moka de Hongrie.* — ⊙ — Originaire de l'Orient, cultivée dans les jardins.

35. Saccharum officinarum , Linné.

> *Canne à sucre.* — Originaire des Indes orientales ; cultivée sous les Tropiques. ⅄ — Plante de serre chaude.

36. Andropogon Ischœmum , Linné.

> *Barbon pied de Poule.* — *Chiendent à Balais.* ⅄ — France méridionale. — Tiges employées pour faire des balais.

37. Sorghum sorgho, Pers.

> *Andropogon sorghum*, Brot. — *Sorghum vulgare*, Pers. — *Grand Millet.* — ⊙ — Originaire de l'Inde, alimentaire, cultivée.

38. Cornucopia cucullatum, Linné.

> *Coqueluchiole corne d'abondance.* — ⊙ — Originaire d'Orient. — Cultivée comme ornement.

39. Calamagrostis sylvatica, Decand.

> *Deyeuxia sylvatica*, Knoch. — *Agrostis arundinacea*, Linné. — Moselle. —Plante d'ornement.

40. Milium effusum, Linné.

> *Millet étalé.* ♃ — Moselle.

41. Stipa pennata, Linné.

> *Stipe plumeuse.* — Moselle. — Plante vivace, d'or-nement.

42. Cynodon Dactylon, Pers.

> *Panicum Dactylon*, Linné. — *Chiendent.* ♃ — Moselle. — Médicinale.

43. Aira flexuosa, Linné.

> *Canche flexueuse.* ♃ — Moselle.

44. Holcus lanatus, Linné.

> *Houque laineuse.* — *Houlque.* — *Avena lanata*, Kœl. — ♃ — Fleurit en juillet. — Moselle. — Cultivée en prairie.

45. Avena pubescens, Linné.

> Moselle. ♃ — Cultivée en prairie. — Fleurit en juin.

46. Avena sativa, Linné.

> *Avoine.* ⊙ — Cultivée, alimentaire.

47. Arundo donax , Linné.

> *Donax arundinaceus ,* Palis. — *Canne de Provence.*
> ♃ — Midi de la France. — Plante d'ornement. —
> Racine médicinale.

48. Phragmites communis, Trin.

> *Arundo Phragmites,* Linné. — *Roseau à balais. —*
> *Jonc à balais.* ♃ — France. — Plante d'ornement. —
> Employée dans l'industrie.

49. Gynerium argenteum , Nees.

> *Arundo divina ,* Spr. — Plante du Chili. — Cultivée
> comme ornement. ♃.

50. Cynosurus cristatus , Linné.

> *Cretelle commune.* — France. — Cultivée dans les
> prairies et comme plante d'ornement. ♃.

51. Melica ciliata , Linné.

> ♃ — France méridionale.

52. Briza media , Linné.

> *Amourette.* — *Gramen tremblant.* — *Pain d'oiseaux.*
> — Moselle. ♃ — Cultivée en prairie et comme
> ornement.

53. Poa pratensis , Linné.

> *Paturin des prés.* — Moselle. ♃ — Cultivée en
> prairie.

54. Bromus giganteus , Linné.

> *Brome élancé.* ♃ — Moselle.

55. Bromus erectus , Huds.

> *Brome dressé.* ♃ — Moselle.

56. Festuca heterophylla , Lamarck.

> *Fétuque hétérophylle.* ♃ — Moselle.

57. Festuca arundinacea , Schreb.

>   *Fétuque roseau.* ♃ — *Festuca elatior ,* Engl. — Moselle.

58. Lolium perenne , Linné.

>   *Ivraie vivace.* — *Ray-grasse.* ♃ — Cultivée en pelouse. — Moselle.

59. Hordeum vulgare , Linné.

>   *Orge.* ☉ — Cultivée , alimentaire.

60. Elymus Europœus , Linné.

>   France méridionale. — Moselle.

61. Secale cereale , Linné.

>   *Seigle.* ☉ — Cultivée , alimentaire.

62. Triticum vulgare , Vill.

>   *Triticum œstivum ,* Linné. — *Triticum hybernum ,* Linné. — *Blé.* — *Froment.* ☉ — Originaire de Perse. — Cultivée , alimentaire.

63. Ægilops ovata , Linné.

>   ☉ — Midi de la France.

Famille des **Carex.**

CYPÉRACÉES.

64. Cyperus esculentus , Linné.

>   *Souchet comestible.* — *Trasé.* — *Souchet sultan.* — *Habel-assis.* — *Amande de terre.* ♃ — Originaire d'Afrique. — Cultivée dans le Midi.

65. Cyperus papyrus , Linné.

>   *Papyrus.* ♃ — Egypte. — Cultivée dans l'antiquité.

66. Eriophorum angustifolium , Roth.
    Linaigrette à feuilles étroites. ♃.

67. Eleocharis palustris, Linné.
    ♃ — Moselle.

68. Scirpus maritimus , Linné.
    ♃ — Meurthe. — Fleurit en juillet.

69. Scirpus compressus , Linné.
    ♃ — Moselle. — Fleurit en juillet.

70. Isolepis setaceus , Linné.
    ☉ — Alpes.

71. Schœnus mariscus, Linné.
    Cladium mariscum , B. Br. ♃ — France méridionale
    et de la Moselle.

72. Carex vulpina , Linné.
    ♃ — Moselle. — Fleurit en juin.

73. Carex ovalis , Good.
    Carex leporina , Linné. ♃ — Vosges.

74. Carex arenaria , Linné.
    Salsepareille d'Allemagne. — Fausse salsepareille. ♃

75. Carex acuta , Linné.
    Carex gracilis , Curtis. ♃ — Moselle.

76. Carex flava , Linné.
    ♃ — Moselle. — Fleurit en Mai.

77. Carex sylvatica , Hudson.
    Carex Drymeja , Linné. — ♃ — Moselle. — *Carex
    patula ?* Scopoli.

Famille des **Commélinées**.

78. Tradescantia Virginica , Linné.

Éphémère de Virginie. ♃ — Originaire d'Amérique. — Plante d'ornement. — Fleurit de mai à octobre. — Se multiplie par éclats.

Famille des **Joncacées**.

79. Juncus conglomeratus , Linné.

♃ — *Juncus communis* , Soyer-W. — Moselle.

80. Juncus glaucus , Ehr.

Jonc des jardiniers. ♃ — Employé pour faire des liens. — Moselle.

81. Luzula maxima , Dec.

Juncus pilosus , Linné. — *Luzule à larges feuilles.* — ♃ — Moselle.

Famille des **Aroidées**.

82. Calla æthiopica , Kuntz.

Arum calla, Linné. — *Arum d'Ethiopie.* ♃ — *Æthiopica Richardia,* Schott. — Originaire du Cap. — Plante d'ornement. — Plante d'orangerie.

83. Caladium bicolor , Vent.

Originaire du Brésil. — ♃ — Cultivé pour ornement. — Serre chaude.

84. Arum maculatum , Linné.

Gouet. — *Pied de veau.* ♃ — Moselle. — Plante médicinale. — Vénéneuse.

85. Arum Italicum , Mill.

> *Gouet d'Italie.* ♃ — Europe méridionalc.

86. Dracunculus vulgaris , Shœct.

> *Arum dracunculus , Linné.* — *Serpentaire commune.*
> — ♃ — France méridionale.

Famille des **Palmiers.**

87. Chamœrops humilis , Linné.

> *Palmier nain.* — *Palmier à éventail.* ♄ [1] — Europe
> méridionale et Afrique.

Famille des **Mélanthacées.**

88. Colchicum autumnale, Linné.

> *Colchique.* — *Tue-chien.* — *Veuilleuse.* ♃ – Plante
> médicinale. — Vénéneuse. — Moselle.

89. Helonias bullata , Linné.

> Originaire d'Amérique. — Plante d'ornement. —
> *Helonias latifolia ,* Michaux. — *Helonias rose.* ♃
> — Fleurit en mai.

90. Veratrum album , Linné.

> *Hellébore blanc.* — *Varaire.* ♃ — France méridio-
> nale. — Fleurit en juillet. — Cultivée pour ornement.
> — Vénéneuse.

91. Veratrum nigrum , Linné.

> *Hellébore noir.* ♃ — France méridionale. —
> Cultivée pour ornement. — Plante médicinale. —
> Vénéneuse.

---

[1] ♄ signifie plante ligneuse.

Famille des **Liliacées**.

92. Tulipa suaveolens, Roth.
> *Tulipe odorante.* — *Duc de Thol.* — Europe méri-
> dionale. — Plante d'ornement. — ♃.

93. Tulipa Gesneriana, Linné.
> *Tulipe.* — *Tulipe des fleuristes.* — Originaire d'Orient.
> — Plante d'ornement.
> A. Tulipe bizarre.
> B.   — flamande. — *Tulipe à fond blanc.*
> C.

94. Gagea arvensis, Schultz.
> *Gagée des champs.* ♃ — Moselle.

95. Fritillaria imperialis, Linné.
> *Couronne impériale.* — *Fritillaire.* — *Herbe aux*
> *sonnettes.* ♃ — Originaire d'Orient. — Plante d'orne-
> ment. —

96. Lilium Martagon, Linné.
> *Martagon.* — ♃ — Alpes. — Plante d'ornement.

97. Lilium superbum, Mich.
> ♃ — Amérique boréale. — Plante d'ornement.

98. Lilium candidum, Lis.
> *Lis.* — *Lis commun.* — *Lis blanc.* ♃ — D'origine
> inconnue (Orient?). — — Plante d'ornement.

99. Iucca gloriosa, Linné.
> *Iucca superbe.* — ♄ — Amérique boréale. — Plante
> d'ornement de pleine terre.

100. Iucca filamentosa, Linné.
> *De Virginie.* — ♄ — Plante d'ornement, de pleine
> terre.

101. Phormium tenax, Forst.

    Lin de la Nouvelle-Zélande. — ♃ — De Norfolk. — Plante industrielle et d'ornement.

102. Hemerocallis flava, Linné.

    Lis jaune. — *Lis asphodèle.* — ♃ — Plante méridionale, cultivée pour ornement.

103. Hemerocallis fulva, Linné.

    Hemerocalle fauve. — ♃ — Plante méridionale, cultivée pour ornement.

104. Tritoma avaria, Gowl.

    Tritoma faux aloès. — *Aloe invaria*, Linné. — ♃ — Plante du Cap. Cultivée pour ornement. — Les fibres peuvent servir de liens. — Serre tempérée.

105. Asphodelus albus, Wild.

    Asphodèle blanc. ♃ — France méridionale. — Plante d'ornement.

106. Asphodelus ramosus, Wild.

    Bâton blanc. — ♃ — Plante méridionale, cultivée pour ornement.

107. Asphodelinus luteus, Linné.

    Asphodeline. — *Bâton de Jacob.* — *Asphodelus luteus*, Linné. — *Asphodèle jaune.* ♃ — Plante méridionale. — Cultivée pour ornement.

108. Phalangium ramosum, Lamarck.

    Anthericum ramosum, Linné. — *Phalangère rameuse.* — *Herbe à l'araignée.* ♃ — France. — Plante d'ornement. —

109. Phalangium liliago, Schreb.

    Anthericum liliago, Linné. — *Fleur de lis.* — ♃ — France méridionale. — Plante d'ornement.

110. Anthericum liliastrum , Linné.

Czachia liliastrum , Andr. — Lis de St-Bruno. — Lis des Allobroges. — Anthérie faux lis. ♃ — Alpes. — Plante d'ornement.

111. Allium ursinum , Linné.

Ail des ours. — Ail des bois. — ♃

112. Allium Moly , Linné.

Ail doré. ♃ — Plante méridionale, cultivée pour ornement.

113. Allium oleraceum , Linné.

Ail potager. — Ail. ♃ — Cultivée, alimentaire.

114. Allium schœnoprasum , Linné.

Civette. — Ciboulette. — ♃ — Plante indigène, cultivée, alimentaire.

115. Allium cepa , Linné.

Oignon. — ☉ — Cultivée, alimentaire.

116. Allium scorodoprasum , Linné.

Rocambole. — ♃ — Plante méridionale, cultivée, alimentaire.

117. Allium sativum , Linné.

Ail. — ♃ — Originaire du Midi. — Cultivée, alimentaire, médicinale.

118. Allium porrum , Linné.

Poireau. — ☉ — Originaire des Alpes, cultivée, alimentaire, médicinale.

119. Ornithogallum Pyrenaicum , Linné.

♃ — Plante d'ornement peu cultivée. — Des Pyrennées.

120. Ornithogallum umbellatum, Linné.

Dame d'onze heures. — ♃ — Moselle. — Cultivée pour ornement.

121. Scilla bifolia, Linné.

Moselle. — ♃

122. Scilla Italica, Linné.

France méridionale. — ♃ — Cultivée pour ornement.

123. Scilla amœna, Linné.

France méridionale. — ♃ — Cultivée pour ornement.

124. Agraphis nutans, Linck.

Hyacinthus non scriptus, Linné. — *Scilla nutans*, Sw. — *Endymion nutans*, Dum. — *Jacinthe des bois.* — Moselle. — *Scille penchée.* — *Petite jacinthe.* ♃ — Ornement.

125. Uropetalum scrotinum, Ker.

Hyacinthus scrotinus, Linné. — *Jacinthe tardive.* — France méridionale.

126. Hyacinthus Orientalis, Linné.

Jacinthe. — ♃ — Originaire d'Orient, cultivée pour ornement.

127. Muscari comosum, Mill.

Hyacinthus comosus, Linné. — *Vaciel.* — *Ail à toupet.* — France. — Cultivée pour ornement.

a. Variété monstrueuse. — *Lilas de terre.* — *Jacinthe de Sienne.* — *Muscari plumeux.* — Cultivée pour ornement.

128. Muscari racemosum, Mill.

Hyacinthus racemosus, Linné. — France. — Cultivée pour ornement.

129. Asparagus offiicinalis , Linné.

> *Asperge.* — Plante indigène. — La jeune pousse alimentaire, les racines médicinales.

130. Paris quadrifolia , Linné.

> *Herbe à Páris.* — *Raisin de renard.* — ♃ —Moselle.

131. Polygonatum vulgare , Desf.

> *Convallaria polygonatum ,* Linné. — *Sceau de Salomon.* — ♃ — Moselle. — Plante médicinale ; peu usitée. — Cultivée pour ornement.

132. Convallaria Majalis , Linné.

> *Muguet.* — *Lis des vallées.* — ♃ — Moselle. — Plante d'ornement et médicinale peu usitée.

133. Majanthemum bifolium , DC.

> *Convallaria bifolia,* Linné. ♃ — Moselle. — Fleurit en mai.

134. Smilax aspera , Linné.

> *Salsepareille d'Europe.* — *Liseron épineux.* — *Liset piquant.* — *Gramen de montagne.* ♃ — France méridionale.

135. Ruscus aculeatus , Linné.

> *Houx frelon.* — *Houx fragon.* — *Petit houx.* — ♄ — Médicinale. — Cultivée pour ornement.

136. Ruscus racemosus , Linné.

> *Fragon à grappes.* — *Laurier alexandrin.* — France méridionale. — ♄ — Plante d'ornement.

Famille des **Amaryllidées**.

137. Galanthus nivalis , Linné.

> *Clochette d'hiver.* — *Perce-neige.* — *Niveole.* — ♃
> — France. — Cultivée pour ornement. — Fleurit en
> février et mars.

138. Leucojum vernum , Linné.

> *Nivéole printanière.* ♃ — Vosges.

139. Leucojum estivum , Linné.

> *Nivéole d'été.* — ♃ — Alsace.

140. Sternbergia lutea , Gawl.

> *Amaryllis lutea*, Linné. — *Amaryllis jaune.* —
> *Narcisse d'automne.* ♃ — Plante méridionale. — Cul-
> tivée pour ornement.

141. Amaryllis belladonnæ , Linné.

> *Coburgia belladonna*, Herb. — Plante du Cap. —
> Cultivée pour ornement.

142. Hœmanthus coccineus , Linné.

> Plante du Cap. — ♃ — Cultivée pour ornement.

143. Pancratium maritimum , Linné.

> *Lis Mathiole.* — *Lis narcisse.* ♃ — France méridio-
> nale. — Plante cultivée pour ornement.

144. Narcissus pseudo narcissus , Linné.

> *Narcisse des prés.* — *Narcisse sauvage.* — *Aiault.* —
> *Porillon.* — *Chaudron.* — *Godet.* ♃ — *Bonhomme.* —
> Moselle. — Cultivée pour ornement.

145. Narcissus odorus , Linné.

> *Grosse Jonquille.* — ♃ — Cultivée pour ornement.
> — France méridionale.

146. Narcissus jonquilla , Linné.

Jonquille. — ♃ — France méridionale. — Cultivée pour ornement.

147. Narcissus polyanthos , Linné.

Narcisse multiflore. — Tout blanc. — ♃ — Plante méridionale. — Cultivée, ornement.

148. Alstremeria pelegrina , Linné.

Lis des Incas. — Originaire du Pérou. — Cultivée, ornement.

149. Agave Americana , Linné.

Improprement nommé *Aloès.* — Du Mexique, naturalisée dans le Midi de l'Europe. — Cultivée pour ornement et pour clôtures.

150. Polianthos tuberosa , Linné.

Tubéreuse des jardins. — Plante du Mexique, cultivée pour ornement.

———

Famille des **Dioscorées.**

151. Tamus communis , Linné.

Sceau de Notre-Dame. — Herbe aux femmes battues. ♃ — Moselle.

———

Famille des **Iridées.**

152. Crocus vernus , Linné.

Safran des fleuristes. ♃ — Plante des Alpes, cultivée comme ornement.

153. Crocus sativus, Dil.

Safran du Gatinais. — Safran d'Automne. ♃ — Originaire d'Orient. — Cultivée pour les arts et la médecine.

154. Ixia maculata, Linné.

Plante du Cap.— Ixia viridis , Thumb. ♃ — Cultivée pour ornement.

155. Gladiolus communis, Linné.

Glayeul. — Victoriale ronde. ♃ — Plante méridionale. — Cultivée comme ornement; médicinale, peu usitée.

156. Gladiolus segetum, Gawl.

France méridionale. — ♃.

157. Gladiolus blandus, Ait.

Gladiolus ramosus, G. — *Glayeul rose.* ♃ — Cultivée comme ornement.

158. Anomatheca juncea, Cerr.

Gladiolus junceus, Linné. — *Lapeyrousia juncea ,* Pourr. ♃ — Plante du Cap; cultivée comme ornement.

159. Tigridia pavonia, Red.

Ferraria pavonia, L. — *Tigridie à grandes fleurs. — Queue de Paon.* — Originaire du Méxique, cultivée pour ornement.

160. Iris Germanica, Linné.

Flambe. — Iris d'Allemagne. ♃ –- Vosges. — Plante d'ornement.

161. Iris Florentina , Linné.

Iris de Florence. ♃ — Italie. — Plante d'ornement et médicinale.

162. Iris pumila, Linné.

Iris naine. — Petite flambe.' — Plante méridionale, cultivée pour bordures.

Famille des **Broméliacées**.

163. Ananassa vulgaris, Lindl.

> *Bromelia ananas*, Linné. — *Ananas. ♃* — Originaire de l'Amérique tropicale. — Cultivée en serre chaude. — Alimentaire.

Famille des **Musacées**.

164. Musa paradisiaca, Linné.

> *Bananier.* — Originaire de l'Inde, cultivée pour les fruits. — Plante de serre chaude, cultivée pour ornement.

165. Strelitzia reginœ, Ait.

> *Strelitzie de la reine Victoria.* — Plante du Cap. — Cultivée en serre chaude.

Famille des **Orchidées**.

166. Plantasthera bifolia, Rich.

> *Orchis bifolia*, Linné. ♃ — Moselle.

167. Anacampta pyramidalis, Richard.

> *Orchis pyramidalis*, Linné. ♃ — Moselle.

168. Orchis mascula, Linné.

> *Orchis mâle.* — *Salep.* — Moselle. — Les tubercules alimentaires.

169. Orchis maculata, Linné.

> Moselle. ♃.

170. Gymnadenia conopsea , Rich.
> *Orchis conopsea*, Linné. — Médicinale, inusitée. — Moselle.

171. Ophrys myodes , Jacq.
> Moselle. ♃.

172. Epipactis latifolia , Ait.
> *Serapias latifolia*, Wild. — Moselle. — Médicinale, inusitée.

173. Cephalanthera lancifolia , Decandolle.
> *Cephalanthera pallens*, Richard. — *Epipactis lancifolia*, Sw. ♃ — Moselle.

174. Spiranthes œstivalis , Rich.
> *Ophrys estivalis*, Linné. ♃ — Moselle.

Famille des **Campanulacées**.

175. Phyteuma spicatum , Linné.
> *Raiponce en épis*. — Moselle. ♃ — Racine alimentaire, non cultivée.

176. Campanula Trachelium , Linné.
> *Gantelée*. — *Gant de Notre-Dame*. · Moselle.

177. Campanula pyramidalis , Linné.
> Originaire de Syrie. — Cultivée pour ornement. Plante bisanuelle.

178. Campanula persicœfolia , Linné.
> Cultivée pour ornement. — ♃.

179. Campanula carpathica , Jacq.

> Originaire de Hongrie.—Cultivée pour l'ornement. ♃.

180. Trachelium cœruleum , Linné.

> Plante du Midi de l'Europe ; cultivée pour orne-
> ment. — Orangerie. — Bisannuelle.

Famille des **Composées**.

181. Hieratium aurantiacum , Linné.

> *Epervière orangée.* — Alpes. — Cultivée comme
> ornement.

182. Taraxacum dens leonis , Linné.

> *Leontodon dens leonis,* Lin. — *Dent de Lion.* —
> *Pissenlit.* ♃ — Moselle, alimentaire et médicinale.

183. Prenanthes suavis , Salisb.

> *Nabalus suavis,* DC. — *Prenanthes alba,* Linné. ♃
> — Plante d'ornement originaire de l'Amérique septen-
> trionale.

184. Sonchus arvensis , Linné.

> *Laitron des champs.* ♃ — Moselle.

185. Scorzonera hispanica , Linné.

> *Scorzonère.* — *Salsifi.* — *Racines.* — Europe méri-
> dionale. — Cultivée, alimentaire et médicinale inusitée.

186. Chicorium Intybus , Linné.

> *Chicorée.* — *Chicorée amère.* ♃ — Cultivée , alimen-
> taire. — Sauvage, médicinale. — Moselle.

187. Serratula tinctoria , Linné.

> Plante non cultivée, les fleurs contiennent un prin-
> cipe colorant jaune.

188. Rhaponticum cynaroïdes , **DC.**

Stemmacantha cynaroides, Cass. — *Cnicus centau-roides,* Linné. — Originaire des Pyrennées.

189. Lappa communis , **Gern. DC.**

Bardane. — *Glouteron.* ♃ — Moselle. — Plante mé-dicinale.

190. Cirsium arvense , **Lamk.**

Serratula arvensis, Lin. — *Chardon hémorrhoïdal.* — Moselle.

191. Cinara scolymus , **Linné.**

Artichaut. — Cultivée, alimentaire. ♃ — Origi-naire de l'Europe méridionale.

192. Cynara ᴗcardunculus , **Linné.**

Carde. — *Cardon.* — *Cardonette.* — Cultivée, alimentaire. Originaire de l'Europe méridionale.

193. Carthamus tinctorius , **Linné.**

Safran bâtard. — *Safranum.* — *Faux safran.* Origi-naire d'Orient, cultivée pour les arts et comme orne-ment; médicinale, peu usitée.

194. Centaurea Cyanea , **Linné.**

Bleuet. — *Barbeau.* — *Casse lunette.* ☉ — Moselle. Médicinale, inusitée.

195. Centaurea montana , **Linné.**

France. ♃ — Plante d'ornement.

196. Echinops sphœrocephalus , **Linné.**

Indigène. — Plante d'ornement. ♃.

197. Arnica montana , **Desf.**

Arnica. — Vosges. — Plante médicinale.

198. Tanacetum vulgare , **Linné.**

Tanaisie. ♃ — Moselle. — Plante médicinale.

199. Artemisia Abrotanum , Linné.

Aurone mâle. — *Citronelle.* — *Garde robe.* — France méridionale. — Médicinale et d'ornement.

200. Pyrethrum Indicum , Gairt.

Pyrethrum italicum, Cosse. — *Chrysanthême des Indes.* — *Chrysanthemum Indicum* , Linné. ♄ — Originaire des Indes Orientales. — Cultivée pour ornement.

201. Pyrethrum sinense , Thumb.

Chrysanthemum sinense , Thumb. — *Pyrethrum Indicum ,* Sab. — *Chrysanthême de Chine.* Cultivée pour ornement. ♃.

202. Achillea Ptarmica , Linné.

Ptarmica vulgaris, Bl. — *Achillée sternutatoire.* — *Herbe à éternuer.* — France méridionale.
a. Variété double. — *Bouton d'argent.* — Cultivée pour ornement.

203. Anthemis nobilis , Linné.

Ormensis nobilis, Gr. — *Camomille romaine.* — Indigène. — Variété double. Cultivée pour la médecine. ♃.

204. Helianthus multiflorus , Linné.

Soleil vivace. ♃ — Amérique boréale ; cultivée pour ornement.

205. Rudbeckia speciosa , Schr.

Rudbeckie élégant. ♃ — D'Amérique boréale. — Cultivée pour ornement.

206. Echinacea purpurea , Linné.

Rudbeckia purpurea. Linné. ♃ — Amérique boréale. — Cultivée pour ornement.

207. Silphium laciniatum , Linné.

D'Amérique septentrionale. — Cultivée pour ornement. ♃.

208. Inula Helenium, Linné.

Corvisartia Helenium, DC. — *Enula campana*. —
Aunée. ♃ — Moselle. — Plante médicinale.

209. Baccharis halimifolia, Linné.

Conyza halimifolia, Desf. — Amérique boréale. —
Cultivée pour ornement.

210. Solidago Canadensis, Linné.

Gerbe d'or. — Amérique boréale. ♃ — Cultivée
pour ornement.

211. Bellis perennis, Linné.

Paquerette. — *Marguerite*. — Moselle. ♃ — Cultivée
pour bordures. Médicinale inusitée.

212. Aster Amellus, Linné.

Moselle. ♃ — Cultivée pour ornement.

213. Aster Capensis, Lesson.

Aster amelloïde. — *Agathea amelloïdes*, DC. —
Plante du Cap. Cultivée pour ornement.

214. Tussilago farfara, Linné.

Tussilage. — *Pas d'âne*. ♃ — Moselle. — Médicinale.

215. Eupatorium purpureum, Linné.

Plante d'Amérique septentrionale. — Cultivée pour
ornement.

Famille des **Dipsacées**.

216. Morina longifolia, Wall.

Plante du Népaul. — Cultivée pour ornement.

217. Scabiosa succisa, Linné.

Mors du Diable. — *Succise*. — *Herbe de Saint-Joseph*.
♃ — Moselle. — Médicinale.

Famille des **Valérianées**.

218. Valeriana officinalis , Linné.

Valériane. ♃ — Moselle. — Racine médicinale.

219. Valeriana phu , Linné.

Valériane des Jardins. — *Grande valériane.* — France.
— Cultivée pour ornement.

220. Centranthus ruber , DC.

Valeriana rubra, Linné. — *Valériane rouge.* — *Barbe
de Jupiter.* — *Behen rouge.* — Indigène. ♃ — Cultivée
pour ornement.

221. Valerianella olitoria , Mœnch.

Valériane locusta, Linné. — *Mâche.* — *Doucette.* —
Boursette. — *Salade de chanoine.* — Indigène. —
Cultivée.— Alimentaire.

Famille des **Caprifoliacées**.

222. Sambucus nigra, Linné.

Sureau. — *Haulbois.* — *Sulion.* — *Seuliet.* — *Scar.*
— *Suin.* ♄ — Moselle, médicinale.
a. Variété *Laciniata.*

223. Sambucus racemosus , Linné.

Sureau à grappes. ♄ — Moselle. — Plante d'ornement.

224. Virburnum lantana , Linné.

Maucienne. — *Viorne cotonneuse.* ♄ — Moselle. —
Plante d'ornement.

225. Viburnum opulus , Linné.

Obier. ♄ — Moselle. — Plante d'ornement.

226. Lonicera caprifolium , Linné.

> *Chêvrefeuille.* ђ — Arbrisseau d'ornement ; médi-cinal , inusité.
> a. Variété *Quercifolium.*
> b. Id. *Foliis variegatis.*

227. Lonicera sempervirens , Linné.

> *Chêvrefeuille de Virginie.* — *Lonicera coccinea ,* Pers.
> ђ — Amérique boréale ; arbrisseau d'ornement.

228. Lonicera Tartaricum , Decandolle.

> *Lonicera Tartarica ,* Linné. — *Chamécerisier rose.*
> — *Cerisier nain.*— *Chamerocerasus Tartaricus,* Hortic.
> — Originaire de Tartarie. — Arbrisseau d'ornement.

229. Diervilla Canadensis , Wild.

> *Lonicera Diervilla,* Linné. — D'Amérique. — Arbris-seau d'ornement.

230. Leycesteria formosa, Wall.

> Plante du Népaul , cultivée pour ornement.

231. Symphoricarpos racemosus , Mich.

> *Symphorine à grappes.* — *Lonicera symphoricarpos ,*
> Linné. — Arbrisseau du Canada ; cultivé pour orne-ment.

Famille des **Rubiacées.**

232. Gardenia florida , Linné.

> *Jasmin du Cap.* — Chine et Japon. — Arbrisseau d'ornement.

233. Coffea Arabica , Linné.

> *Caféier.* — Originaire d'Arabie. — Cultivé pour la graine. — Serre tempérée.

234. Asperula odorata, Linné.

> *Petit muguet.* — *Hépatique étoilée.* — *Reine des bois.*
> — *Muguet des bois.* — Plante médicinale, peu usitée.
> ♃ — Moselle. — Ornement. — Sert aux Allemands à
> préparer le vin de mai.

235. Crucianella stylosa, Trin.

> Du Pérou. ♃ — Cultivée pour ornement.

236. Rubia tinctoria, Linné.

> *Garance.* ♃ — Indigène. — Cultivée pour la racine.
> — Médicinale inusitée.

237. Galium elatum, Thuill.

> *Gallium mollugo*, Linné. — *Caille-lait blanc.* ♃ —
> Moselle. — Médicinale.

Famille des **Spigéliacées**.

238. Spigelia Marylandica, Linné.

> *La Brinviller.* ♃ — Amérique septentrionale. —
> Médicinale, vermifuge.

Famille des **Apocynées**.

239. Nerium Oleander, Linné.

> *Laurier rose.* — Midi de l'Europe. — Arbrisseau
> d'ornement. — Feuilles médicinales.

240. Vinca minor, Linné.

> *Pervinca minor*, Lamk. — *Petite pervenche.* —
> Moselle. ♃ — Ornement.

241. Vinca major, Linné.

> *Pervinca major*, Lamk. — *Grande pervenche.* ♃ —
> Moselle. — Ornement, médicinale peu usitée.

Famille des **Asclépiadées**.

242. Asclepias vincetoxicum, Linné.

Vincetoxicum officinalis, Mœnch. — *Dompte-venin.*
— *Ipécacuanha des allemands.* — *Hirondinaire.* ♃ —
Moselle. — Plante médicinale.

Famille des **Gentianées**.

243. Erythrea centaurium, Pers.

Gentiana centaurium, Linné. — *Petite centaurée.* —
Herbe à mille florins. — *Chironia centaurium,* Linné.
☉ — Moselle. — Plante médicinale très-usitée.

244. Gentiana lutea, Linné.

Gentiane. — *Grande gentiane.* ♃ — Vosges. — Racine
médicinale.

245. Gentiana acaulis, Linné.

Vosges. — ♃

246. Menyanthes trifoliata, Linné.

Moselle. ♃ — *Trèfle d'eau.* — Plante médicinale.

Famille des **Convolvulacées**.

247. Calystegia sepium, Br.

Convolvulus sepium, Linné. — *Liseron des haies.* —
Grand liseron. — *Chemise de Notre-Dame.* ♃ —
Moselle.

248. Calystegia pubescens, Lindl.

Originaire de Chine. ♃ — Cultivée pour ornement.

249. Convolvulus arvensis , Linné.

> *Liset.* — *Petit liseron.* — *Liseré.* — *Vrillé.* — *Clochette des champs.* ♃ — Moselle.

250. Convolvulus Batatas , Linné.

> *Batatas edulis,* Ch. — *Batate.* — De l'Inde. ♃ — Racines alimentaires.

251. Cuscuta major , DC.

> *Cuscuta Europæa,* Linné. — *Grande cuscute.* — *Cheveux du Diable.* — *Cheveux de Vénus.* ⊙ — Moselle. — Plante très-nuisible aux cultures.

Famille des **Polémoniacées.**

252. Polemonium Cœruleum , Linné.

> *Valériane grecque.* — Alpes. ♃ — Plante d'ornement.

253. Cobœa scandens , Cav.

> Plante du Mexique. ♄ — Cultivée pour ornement.

Famille des **Borraginées.**

254. Heliothropium Peruvianum , Linné.

> *Héliotrope.* ♄ — Originaire du Pérou. — Cultivée pour ornement.

255. Onosma echioides , Linné.

> *Orcanette jaune.* — Alpes. ♃ — Racine tinctoriale, non cultivée.

256. Echium vulgare , Linné.

> *Vipérine commune.* — *Herbe aux vipères.* ♃ — Moselle. — Médicinale inusitée.

257. Pulmonaria officinalis, Linné.

> *Pulmonaire.* — *Herbe aux poumons.* — *Herbe au lait de Notre-Dame.* — *Herbe-cœur.* ♃ — Moselle. — Feuilles médicinales.

258. Pulmonaria saccharata, Mill.

> France. — ♃

259. Lithospermum officinalis, Linné.

> *Gremil.* — *Herbe aux Perles.* ♃ — Moselle. — Médicinale inusitée.

260. Alkanna tinctoria, Humb.

> *Lithospermum tinctorium,* Linné. — *Anchusa tinctoria,* Desf. — *Orcanette rouge.* — Plante méridionale. ♃ — Racine tinctoriale.

261. Anchusa Italica, Reh.

> *Anchusa officinalis,* G. — *Buglosse.* — *Langue de Bœuf.* ☉ — Plante méridionale. — Feuilles médicinales.

262. Myosotis palustris, With.

> *Myosotis scorpioïdes,* Linné. — *Plus je te vois, plus je t'aime.* — *Ne m'oubliez pas.* — *Yeux de l'enfant Jésus.* — *Souvenez-vous de moi.* — Moselle. ♃ — Ornement.

263. Symphytum officinale, Linné.

> *Grande consoude.* — *Herbe du cardinal.* ♃ — Moselle. — Racine médicinale.

264. Borrago officinalis, Linné.

> *Bourrache.* — Moselle. ☉ — Feuilles alimentaires. — Feuilles et fleurs médicinales. — Cultivée.

265. Omphalodes verna, Mœnch.

> *Cynoglossum omphalodes,* Linné. — *Petite bourrache.* — Midi. ♃ — Ornement.

Famille des **Solanées**.

266. Solanum tuberosum, Linné.

> *Pomme de terre.* — *Patate.* — *Parmentière.* ♃ — Originaire du Chili.

267. Solanum nigrum, Linné.

> *Morelle.* — *Herbe noire.* — *Crève chien.* — Moselle. ☉ — Feuilles médicinales.

268. Solanum dulcamara, Linné.

> *Douce amère.* — *Vigne de Judée.* — *Loque.* ♄ — Moselle. — Tiges médicinales.

269. Lycopersicum esculentum, Mill.

> *Solanum lycopersicum*, Linné. — *Tomate.* — *Pomme d'amour.* — Mexique. ☉ — Fruits alimentaires. — Cultivée.

270. Capsicum annuum, Linné.

> *Poivre de Guinée.* — *Poivron.* — *Corail des Jardins.* — Originaire de l'Inde. ☉ — Cultivée pour les fruits, alimentaire.

271. Physalis Alkekingi, Linné.

> *Herbe à cloques.* — *Coqueret.* — Moselle. ♃ — Fruits médicinaux.

272. Atropa belladona, Linné.

> *Belladone.* — *Herbe empoisonnée.* — Moselle. ♃ — Vénéneuse. — Racines et feuilles médicinales.

273. Mandragora officinarum, Linné.

> *Atropa Mandragora*, Linné. — *Mandragore.* — France méridionale. ♃ — Vénéneuse. — Feuilles médicinales, peu usitées.

274. Lycium vulgare , Dum.

    Lycium barbarum, Linné. — *Lyciet Jasminoïde.* — France méridionale. ♄ — Cultivée pour faire des haies.

275. Lycium sinnense , Lamk.

    Lyciet de Chine. ♄ — Originaire de Chine. Cultivée en haies.

276. Lycium mediterraneum , Dum.

    Lycium Europœum, Linné. — Midi. ♄ — Cultivée en haies.

277. Datura stramonium , Linné.

    Stramoine. — *Herbe des magiciens.* — *Herbe du diable.* — *Pomme épineuse.* — Originaire d'Amérique. ☉ — Vénéneuse. — Feuilles et semences médicinales.

278. Datura suaveolens , Humb.

    Datura arborea des horticulteurs. — *Trompette du Jugement.* ♄ — Méxique. - Vénéneuse ; cultivée pour ornement.

279. Hyosciamus niger , Linné.

    Jusquiame. — *Hannebaune.* — *Herbe de Sainte-Appoline.* — *Herbe caniculaire.* — Moselle. ☉ — Vénéneuse. Feuilles et semences médicinales.

280. Nicotiana tabacum , Linné.

    Tabac. — *Petum.* — *Herbe à la reine.* — *Herbe sacrée.* — *Herbe du Grand-Prieur.* — Originaire d'Amérique. — Cultivée pour les feuilles.

281. Petunia nyctaginiflora , Juss.

    Pétunia odorant. — Originaire d'Amérique. ♃ — Cultivée comme ornement.

282. Cestrum Parqui , Lier.

    Cestrum à baies noires. — Plante du Chili , cultivée pour ornement. ♄.

Famille des **Scrophularinées.**

283. Verbascum Thapsus , Linné.

Molène commune. — Bouillon blanc. — Moselle. ⊙
Cultivée pour les fleurs très-employées en médecine.

284. Verbascum phœniceum , Linné.

Europe méridionale. — ⊙ — Plante d'ornement.

285. Linaria cymbalaria, Mill.

Anthirrhinum cimbalaria , Linné. — *Cymbalaire.* ♃
Moselle.

286. Linaria vulgaris , Mill.

Anthirrhinum linaria , Linné. — *Linaire.* — Moselle.
♃ — Médicinale inusitée.

287. Anthirrhinum majus , Linné.

Muflier. — Mufle de veau. — Gueule de loup. —
France. ♃ — Cultivée pour ornement.

288. Paulonia imperialis , Sieb.

Polonia. — Arbre du Japon. — Cultivée pour ornement.

289. Scrophularia nodosa , Linné.

Grande scrophulaire. ♃ — Moselle. — Médicinale ,
inusitée.

290. Gratiola officinalis , Linné.

Gratiole. — Herbe à pauvre homme. — Moselle. —
Médicinale, inusitée.

291. Digitalis purpurea , Linné.

*Digitale — Gantière. — Gant de Notre-Dame. —
Pétard.* — Terrain siliceux de la Moselle. ⊙ — Feuilles
médicinales ; vénéneuses.

292. Digitalis lutea , Linné.
     Digitale jaune. ♃ — Terrain calcaire de la Moselle.

293. Veronica Elegans , DC.
     Veronica spuria, Linné. — Belgique. ♃ — Cultivée
     pour ornement.

294. Veronica Spicata , Linné.
     Moselle. ♃ — Médicinale peu usitée.

295. Veronica Beccabunga , Linné.
     Beccabunga. — Moselle. ♃ — Médicinale peu usitée.

296. Veronica teucrium , Linné.
     Moselle. ♃ — Médicinale peu usitée.

297. Veronica officinalis , Linné.
     Véronique mâle. — *Thé d'Europe.* — Moselle. ♃ —
     Médicinale peu usitée.

298. Euphrasia officinalis , Linné.
     Euphraise. — *Casse lunette.* ☉ — Moselle. — Mé-
     dicinale inusitée.

299. Rhinanthus major , Ehrh.
     Rhinanthus crista-galli, Linné. — *Crête-de-coq.* —
     Cocriste. — Moselle. ☉.

300. Melampyrum arvense , Linné.
     Rougeole. — *Blé de vache.* — *Queue de renard.* —
     Moselle. ☉ — Plante nuisible aux moissons. La graine
     est désignée sous le nom de *fromentelle.*

Famille des **Bignoniacées.**

301. Catalpa catalpa , Linné.
     Catalpa bignoioides, Wilt. — Arbre de l'Amérique,
     cultivé pour ornement.

302. Sesamum indica, DC.

Sesamum indicum et *S. orientale*, Linné. — *Sésame.* — Plante d'Asie. Cultivée pour ses graines oléagineuses.

Famille des **Acanthacées.**

303. Acanthus mollis, Linné.

Acanthe. — *Branc ursine.* — France méridionale. — Cultivée pour ornement.

304. Acanthus spinosus, Linné.

Europe méridionale. ♃ — Cultivée comme ornement.

Famille des **Jasminées.**

305. Jasminum officinale, Linné.

Jasmin blanc. — *Jasmin.* — Plante d'Orient. Cultivée pour ornement.

Famille des **Verbénacées.**

306. Verbena officinalis, Linné.

Verveine. — *Herbe sacrée.* — Moselle. ♃ — Plante médicinale.

307. Vitex agnus-castus, Linné.

Gattilier. — *Arbre au poivre.* - France méridionale. ♄ — Médicinale.

Famille des **Labiées**.

308. Lavandula Spica , Linné.

Lavande mâle. — Spic. — Aspic. — Plante méridionale. ♄ — Médicinale.

309. Lavandula stœchas , Linné.

Stœchas. ♄ — Plante médicinale. — Midi de la France.

310. Mentha rotundifolia , Linné.

Menthe crépue. — Baume sauvage. ♃ — Moselle. — Médicinale.

311. Mentha piperita , Linné.

Menthe poivrée. — Moselle. ♃ — Cultivée pour la médecine.

312. Lycopus Europœus , Linné.

Pied de loup. — Marrube aquatique. — Moselle. ♃ — Employée en teinture.

313. Origanum vulgare , Linné.

Origan. — Moselle. ♃ — Médicinale peu employée.

314. Thymus vulgaris , Linné.

Thym. — Plante méridionale. ♄ — Médicinale.

315. Thymus Serpyllum , Linné.

Serpolet. — Moselle. ♄ — Médicinale.

316. Satureia hortensis , Linné.

Sarriette. — Plante méridionale. Cultivée comme condiment. ☉.

317. Melissa officinalis , Linné.

Citronelle. — Mélisse. — Piment des abeilles. — Moselle. ♃ — Cultivée pour la médecine.

318. Hyssopus officinalis, Linné.

>*Hyssope.* — Midi. — Cultivée pour ornement et pour la médecine. ♭.

319. Salvia officinalis, Linné.

>*Sauge.* — Plante méridionale. ♭ — Cultivée pour la médecine et comme ornement.

320. Rosmarinus officinalis, Linné.

>*Romarin.* — Midi. ♭ — Cultivée pour la médecine.

321. Monarda didyma, Linné.

>*Thé d'oswega.* — Originaire d'Amérique. ♃ — Plante d'ornement.

322. Nepeta cataria, Linné.

>*Herbe aux chats.* — France. — Médicinale, inusitée.

323. Glecoma hederacea, Linné.

>*Nepeta glecoma,* Beut. — *Lierre terrestre.* Moselle. ♃ — Médicinale.

324. Brunella vulgaris, Linné.

>*Brunelle.* — Moselle. ♃ — Médicinale peu usitée.

325. Scutellaria macrantha, Feich.

>*Toque à grandes fleurs.* — Asie mineure. ♃ — Cultivée pour ornement.

326. Melittis melissophyllum, Linné.

>*Mélisse des bois.* — *Herbe sacrée.* — Moselle. ♃ — Médicinale, inusitée.

327. Marrubium vulgare, Linné.

>*Marrube.* — *Marrube blanc.* — Moselle. ♃ — Médicinale inusitée.

528. Betonica grandiflora , Wild.

> Originaire de Sibérie. ♃ — Plante d'ornement.

529. Stachys recta , Linné.

> *Crapaudine.* — *Stachys sideritis* , Wils. — Moselle.
> ♃ — Médicinale , inusitée.

530. Galeopsis galeobdolon , Linné.

> *Lamium galeobdolon* , Kr. — *Galeobdolon luteum* ,
> Huds. — *Ortie jaune.* ♃ — Moselle. — Médicinale ,
> inusitée.

531. Ballota nigra , Linné.

> *Ballota fœtida* , Lamk. — *Ballote.* — *Marrube noir.*
> - Moselle. — Médicinale inusitée.

532. Phlomis fruticosa , Linné.

> France méridionale. ♄ — Plante d'ornement.

533. Eremostachys laciniata , Bung.

> *Phlomis Eremostachys,* Linné. — Plante d'ornement.
> — Originaire d'Orient.

534. Teucrium Scordium , Linné.

> *Chamaras.* — *Germandrée aquatique.* ♃ — Moselle.
> — Médicinale.

535. Teucrium Chamœdrys , Linné.

> *Germandrée officinale.* — *Petit chêne.* — *Chamœdrys.*
> — Moselle. — Médicinale.

536. Ajuga reptans , Linné.

> *Bugle.* — *Consoude moyenne.* — Moselle. ♃ —
> Médicinale inusitée.

Famille des **Plantaginées**.

337. Plantago major , Linné.

Grand plantain. — Moselle. ☉ — Feuilles médicinales. — Graines alimentaires.

338. Plantago psyllium , Linné.

Herbe aux puces. — Graine à bandoline. — France méridionale. ☉ — Graines mucilagineuses.

———

Famille des **Plumbaginées**.

339. Plumbago Europea , Linné.

Dentelaire. — Malherbe. — Moselle. ♃ — Médicinale peu employée.

340. Plumbago Larpenthœ , Lindl.

Dentelaire de lady Larpent. — Originaire de Chine. — Cultivée pour ornement. ♃.

341. Statice limonium , Linné.

France. — Cultivée pour bordures. ♃.

342. Statice Tartarica , Linné.

Goutolimon Tartarica , Boiss. — De Russie. ♃ — Plante d'ornement.

343. Statice speciosa , Linné.

Goutolimon speciosa , Boiss. – De Russie. ♃ — Plante d'ornement.

344. Armeria Maritima , Wild.

Statice armeria , Linné. — *Gazon d'olympe.* — France. ♃ — Plante d'ornement.

Famille des **Primulacées.**

345. Primula sinensis , Lindl.

> *Primula Prœnitens*, Bot. R. — *Primevère de Chine.* — Cultivée pour ornement. ♃.

346. Primula auricula , Linné.

> *Auricule. — Oreille d'ours.* — Alpes. — Plante d'ornement. ♃.
> Var. *a.*

347. Dodecatheon Meadia , Linné.

> *Giroselle de Mead.* — Plante de Virginie, cultivée pour ornement.

348. Cyclamen Europœum , Linné.

> *Cyclamen. — Pain de pourceau. — Arthanita.* ♃ — Plante méridionale, cultivée pour ornement. — Racine médicinale , inusitée.

549. Lysimachia vulgaris , Linné.

> *Corneille. — Chasse bosse.* ♃ -- Moselle.

Famille des **Ericacées**

350. Kalmia latifolia , Linné.

> Plante d'Amérique. — Cultivée pour ornement. — vénéneuse.

351. Rhododendron ponticum , Linné.

> Montagne de l'Europe méridionale. — *Rosage.* — Plante d'ornement.
> Var. *a.*
> — *b.*

352. Azalea pontica , Linné.

> Plante de l'Asie mineure, cultivée pour ornement.

353. Erica carnea, Linné.

> *Erica herbacea*, Linné.— *Erica purpurascens*, Linné.
> — Alpes. ♃ — Plante d'ornement.

354. Calluna vulgaris, Sal.

> *Erica vulgaris*, Linné. — *Bruyère.* ♃ — Vosges.
> — Ornement.

355. Arbutus unedo, Linné.

> *Trole.* — *Arbre aux fraises.* — Vosges. ♄ — Fruits
> comestibles. — Feuilles propres au tannage. — Cultivé
> pour ornement.

356. Artostaphylos uva ursi, Spreng.

> *Busserole.* — *Raisin d'ours.* – *Arbutus uva ursi.* Linné.
> — Vosges. — Feuilles médicinales. Culture difficile.

357. Vaccinium myrtillus, Linné.

> *Myrtille.* — *Variet.* — *Brimbelle.* — Vosges. ♃ —
> Fruits comestibles. — Difficile à cultiver.

Famille des **Pyrolacées**.

358. Pyrola ratundifolia, Linné.

> *Pyrole.* — *Verdure d'hiver.* — Moselle. ♃ — Médi-
> cinale inusitée. — Difficile à cultiver.

Famille des **Ebénacées**.

359. Diospyros lotus, Linné.

> *Plaqueminier lotus.* — Arbrisseau du Midi. —
> Cultivé pour ornement.

360. Diospyros Virginiana, Linné.

> *Plaqueminier de Virginie.* — Arbrisseau d'ornement.
> Originaire d'Amérique.

Famille des **Oléinées.**

361. Fraxinus ornus, Linné.

Ornus Europeus, **Pers.** — Fresne à fleurs. — **Arbre** du Midi de l'Europe. — Produit la manne. — Cultivé.
Variété *a. Latifolia.*
— *b. Floribunda.*

362. Fraximus excelsior, Linné.

Frêne. — *Fraxinaster excelsior*, DC. — France. — Arbre à bois très-dur. — Feuilles médicinales. — Ecorce fébrifuge, inusitée.
Variété *a. Jaspidea*
— *b. Monstrosa.*
— *c. Aucubæfolia.*
— *d. Foliis albo variegutis.*
— *e. Glomerata.*
— *f. Aureo pendula.*
— *g. Nana.*
— *h. Spectabilis.*

363. Fontanesia phyllyreoides, Lindl.

Arbre d'Orient, cultivé pour ornement.

364. Syringa vulgaris, Linné.

Lilac vulgaris, **Tourn.** — *Lilas.* — Arbrisseau d'Orient, cultivé pour ornement.
Variété *a. Croix de Brachy.*
— *b. Delphine.*
— *c. Lavanensis.*
— *d. Purpurea.*
— *e. Valleteuna.*
— *f. Docteur Lindley.*
— *g. Duchesse de Nemours.*
— *h. Duchesse d'Orléans.*
— *i. Ekenholm.*

Variété *j. Amœna.*
— *k. Gloire de Moulins.*
— *l. Philemon.*
— *m. Prince impérial.*
— *n. Princesse Marie.*

365. Syringa persica , Linné.
   Lilac persica, T. — *Lilas de Perse.* — Originaire
d'Orient. Cultivé pour ornement.
   Variété *a. Laciniata.*
   — *b. Alba.*

366. Syringa Josikœa , Jacq.
   Lilac Josika. — Originaire de Hongrie. — Cultivé
pour ornement.

367. Olea Europœa , Linné.
   Olivier. — Originaire d'Orient. — Cultivé pour ses
fruits oléagineux.

368. Phyllirea angustifolia, Linné.
   Arbrisseau du Midi. Cultivé pour ornement.

369 Phyllirea latifolia , Linné.
   Phyllirea media, Linné. — Arbrisseau du Midi.
Cultivé pour ornement.

370. Ligustrum vulgare , Linné.
   Troêne. — Arbrisseau cultivé en haies — Feuilles
médicinales, inusitées.

371. Chionanthus Virginica , Linné.
   Arbre à franges. — *Arbre de neige.* — Arbrisseau
d'Amérique. Cultivé pour ornement.

Famille des **Ilicinées**.

372. Ilex Balearica , Linné.
> *Houx de Mahon.* — Originaire des Baléares, cultivé pour ornement.

373. Ilex aquifolium , Linné.
> *Houx.* — Europe. — Feuilles médicinales inusitées.
> Cultivé pour ornement.
> Variété *a. Crassifolia.*
> — *b. Ovata.*
> — *c. Recurva.*
> — *d. Fructu luteo.*
> — *e. Latispina.*
> — *f. Altaclarense.*
> — *g. Ciliata.*
> — *h. — minor.*
> — *i. Feroa.*
> — *j. Hybrida.*
> — *k. Maculata alba.*
> — *l. — aurea.*
> — *m. Marginata alba.*
> — *n. — aurea.*
> — *o. — nova.*
> — *p. — pendula.*

374. Ilex latifolia , Linné.
> Arbrisseau du Japon , cultivé pour ornement.

Famille des **Styracées**.

375. Styrax officinalis , Linné.
> *Aliboufier.* — *Liquidambar oriental.* — Arbrisseau du Midi. — Produit la résine nommée *Storax calamite.*

376. Halesia tetraptera , Linné.
> Arbrisseau de la Caroline , cultivé pour ornement.

Famille des **Hypéricinées**.

577. Hypericum perforatum.

> *Millepertuis.* — *Herbe de la Saint-Jean.* ♃ — Moselle. — Plante médicinale.

Famille des **Tamariscinées**.

578. Tamarix Gallica, Linné.

> *Tamaris des Gaules.* — Arbrisseau du Midi, cultivé pour ornement.

579. Tamarix Africana, Poir.

> Arbrisseau du Midi, cultivé pour ornement.

580. Tamarix Indica, Wild.

> *Tamarix elegans*, Sp. — Arbrisseau des Indes. — Cultivé pour ornement.

Famille des **Cistinées**.

581. Cistus ladaniferus, Linné.

> Arbrisseau du Midi. — Cultivé pour ornement. — Médicinal inusité.

582. Cistus Monspeliacus, Linné.

> Arbrisseau du Midi. — Cultivé pour ornement.

583. Helianthenum vulgare, Gœrtn.

> *Cistus helianthemum*, Linné. — France méridionale. ♃ — Moselle.

Famille des **Ternstrœmiacées**.

384. Camellia Japonica , Linné.
>*Camellia. — Rose du Japon.* — Arbrisseau du Japon,
>cultivé pour ornement.
>Variété *a. Alba.*
>— *b. Plena.*

Famille des **Tilliacées**.

385. Tilia microphylla , Vent.
>*Tilia sylvestris,* Desf. — *Tilleul à petites feuilles.* —
>Arbre cultivé comme ornement.

386. Tilia argentea , Desf.
>*Linderia argentea,* Rehl. — *Tilleul argenté.* — Origi-
>naire de Hongrie. — Cultivé pour ornement.

, Famille des **Malvacées**.

387. Gossypium arboreum , Linné.
>*Cotonnier arborescent.* — Originaire de l'Inde. —
>Cultivé pour le coton qui enveloppe les graines.

388. Hibiscus Syriacus , Linné.
>*Ketmie de Syrie.* — *Guimauve en arbre.* — Arbris-
>seau originaire d'Orient, cultivé pour ornement.

389. Malva rotundifolia , Linné.
>*Petite mauve.* — *Mauve.* — *Fromageon.* — Moselle.
>♃ — Plante médicinale.

390. Althœa officinalis , Linné.

> *Guimauve.* ♃ — Cultivée pour la racine , la feuille et la fleur.

391. Althœa rosea , Cáv.

> *Althœa alcea*, Linné. — *Passe-rose.* — *Rose trémière.* ☉ — Originaire de Syrie , cultivée pour l'ornement. — Feuilles et fleurs médicinales.

Famille des **Euphorbiacées**.

392. Euphorbia cyparissias , Linné.

> *Petit cyprès.* — *Tithymale.* — Moselle. ♃ — Médicinale , inusitée.

393. Euphorbia esula , Linné.

> *Esule.* — Moselle. — ♃.

394. Mercurialis perennis , Linné.

> *Mercuriale des bois.* — *Chou de chien.* — Moselle. ♃ — Vénéneuse.

395. Buxus semper virens , Linné.

> *Buis.* — *Arbre des Pyrennées.* — Bois très-dur. — Cultivé en bordure , etc.
> Variété *a. Arborescens.*
> — *b. Myrtifolia.*
> — *c. Variegata.*
> — *d. Latifolia.*
> — *e.* — *Bullata variegata.*
> — *f.* — *Nova.*
> — *g.* — *Myrtifolia variegata.*

396. Buxus Balearica , Lamk.

> *Buis des Baléares.* — Du Midi. — Arbre cultivé pour ornement.

Famille des **Poligalées**.

397. Polygala vulgaris , Linné.
Polygala. — ♃. — Moselle.

Famille des **Tropœolées**.

398. Tropœolum majus , Linné.
Grande capucine. — Cresson du Pérou. — Du Pérou.
☉ — Cultivée pour ornement.

399. Tropœolum minus , Linné.
Plante du Pérou , cultivée pour ornement.

Famille des **Géraniacées**.

400. Geranium Pratense , Linné.
Moselle. — ♃.

401. Geranium Endressii, Gay.
Plante de Pyrennées cultivée pour ornement.

402. Geranium sanguineum , Linné.
Moselle. — ♃.

Famille des **Coriariées**.

403. Coriaria myrtifolia , Linné.
Corroyère. — Redoux. — Redoul. — Faux séné. —
Arbre du Midi. — Suc et écorce employés dans la
teinture.

8

Famille des **Linacées**.

404. Linum usitatissimum , Linné.

> *Lin.* — Europe méridionale. ⊙ — Cultivée pour les tiges fibreuses et les semences oléagineuses.

405. Linum Sibiricum , Linné.

> *Linum perenne ,* var. Linné. — *Lin vivace.* ♃ — De Sibérie , plante d'ornement.

———

Famille des **Oxalidées**.

406. Oxalis acetosella , Linné.

> *Pain de coucou.* — *Surelle.* — *Alleluia.* — Moselle. ♃ — Médicinale inusitée , sert à la préparation du sel d'oseille.

———

Famille des **Rutacées**.

407. Ruta graveolens , Linné.

> *Rue des Jardins.* — *Rue fétide.* — Plante du Midi , cultivée pour la médecine. — ⊙.

———

Famille des **Diosmées**.

408. Dictamnus albus , Linné.

> *Fraxinelle* — *Dictame blanc.* ♃ — Plante du Midi. — Médicinale inusitée, cultivée pour ornement.

———

Famille des **Xanthoxyllées**.

409. Ailantus glandulosa , Desf.
Ailante. — Vernis du Japon. — Arbre du Japon. —
Cultivé pour ornement et pour l'éducation du ver à
soie *(Bombyx Cynthia.)*

410. Skimmia Japonica , Thumb.
Arbre du Japon , cultivé pour ornement.

Famille des **Anacardiacées**.

411. Rhus cotinus , Linné.
*Sumac des Teinturiers. — Fustet. — Bois jaune. —
Arbre à perruque.* — Arbre du Midi , cultivé comme
ornement. — Bois employé en teinture.

412. Rhus typhina , Linné.
Sumac de Virginie. — Arbre de l'Amérique boréale.
— Cultivé pour l'ornement.

Famille des **Acérinées**.

413. Acer platanoides , Linné.
Plane. — Faux sycomore. — Arbre indigène de nos
forêts.

414. Acer pseudo platanus , Linné.
Sycomore. — Arbre indigène de nos forêts.

415. Negundo Fraxinifolium , Vilt.
Arbre de l'Amérique boréale, cultivé pour ornement.

Famille des **Hippocastanées**.

416. OEsculus hippocastanum, Linné.
> *Marronnier*. — Originaire d'Asie. — Cultivé pour ornement. — Fruits comestibles.

417. OEsculus rubicunda, Lodd.
> Arbre de l'Amérique boréale, cultivé pour ornement.

418. Pavia flava, DC.
> *Œsculus flava*, Ait. — *Pavia*. — Amérique boréale, cultivé pour ornement.

419. Pavia hybrida, DC.
> *Œsculus discolor*, Pursh. — Amérique boréale, cultivé pour ornement.

420. Pavia rubra, Lamk.
> *Œsculus Pavia*, Linné. — Amérique boréale, cultivé pour ornement.

421. Pavia macrostachya, DC.
> *Œsculus macrostachya*, Mich. — *Pavia nain*. — Amérique boréale, cultivé pour ornement.

Famille des **Sapindacées**.

422. Kœlreuteri paniculata, Lamk.
> *Kœlreuteria Paulonioides*, Lher. — *Sapindus sinensis*, Linné. — Arbre originaire de la Chine, cultivé pour ornement.

Famille des **Ampélidées**.

423. Ampelopsis hederacea , DC.
> *Hedera quinquefolia,* Linné. — *Vigne-vierge.* —
> *Cissus quinquefolia ,* Desf. — Originaire de l'Amérique
> boréale. — Cultivée pour ornement.

424. Vitis vinifera , Linné.
> Originaire d'Asie. — *Vigne.* — Cultivée pour les
> fruits.

Famille des **Célastrinées**.

425. Evonymus Europœus , Linné.
> *Fusain.* — *Bonnet de prêtre.* — *Bois à lardoire.* —
> Moselle. — Bois usité dans les arts. — Cultivé comme
> ornement.

426. Evonymus verrucosus , Scopoli.
> *Fusain galeux.* — Arbrisseau d'Allemagne, cultivé
> comme ornement.

427. Evonymus latifolius, C. Bauch.
> Europe. — Plante d'ornement.

428. Evonymus nanus, Bieb.
> *Fusain nain.* — Originaire du Caucase, cultivé pour
> ornement.

429. Evonymus atropurpureus, Jacq.
> Amérique boréale, cultivé pour ornement.

430. Evonymus Japonicus , Thumb.
> Arbrisseau du Japon. — Cultivé pour ornement.
> Variété *a. Macrophyllus.*
> — *b. Tricolor.*

Famille des **Staphyléacées**.

431. Staphylea pinnata, Linné.

Nez coupé. — *Faux pistachier.* — *Patenotrier.* — Du Midi, cultivé pour ornement.

432. Staphylea trifoliata, Linné.

De Virginie, cultivé pour ornement.

Famille des **Violinées**.

433. Viola odorata, Linné.

Violette. — *Violette de Mars.* — Moselle. ♃ — Cultivée pour ornement. — Fleurs médicinales.
a. Variété *Flora plena*.

434. Viola Canina, Linné.

Violette des chiens. ♃ — Moselle.

435. Viola Altaica, Ker.

Violette à grandes fleurs. — *Pensée vivace.* — Plante de Sibérie, cultivée pour ornement.

Famille des **Résédacées**.

436. Reseda luteola, Linné.

Gaude. — *Herbe à jaunir.* ☉ — Moselle. — Cultivée pour la teinture.

437. Reseda lutea, Linné.

Réséda sauvage. ☉ — Moselle.

438. Reseda odorata Linné.

Réséda. — *Herbe Maure.* — *Herbe d'amour.* — Plante originaire d'Egypte où elle est vivace. — Cultivée pour ornement. — ☉.

Famille des **Capparidées.**

439. Capparis spinosa, Linné.

Caprier. — Plante médicinale, inusitée. — Arbrisseau du Midi, les boutons employés comme condiment.

Famille des **Crucifères.**

440. Hesperis matronalis , DC.

Julienne des dames. — Moselle. — ♃.

441. Cheiranthus cheiri, Linné.

Violier jaune. — *Giroflée de muraille.* — *Muret.* — *Ravenelle jaune.* ♃ — Moselle, cultivée pour ornement.

442. Erysimum Barbarea, Linné.

Barbarea vulgaris, Br. — *Herbe de Sainte-Barbe.* — *Barbette.* — *Barbarée.* — *Rondotte.* — *Girarde.* — Cultivée pour ornement.

443. Sisymbrium Alliaria , Scop.

Erysinum Alliaria, Linné. — *Alliaire.* — Moselle. ♃ — Plante médicinale.

444. Sisymbrium tanacetifolium , Linné.

Hugueninia tenacetifolia , Rech. ♃ — Vosges. — Médicinale inusitée

445. Nasturtium officinale , BB.

Cresson officinal. — *Sisymbrium Nasturtium,* Linné. *Cresson de fontaine.* — *Cresson d'eau.* — Moselle. ♃ — Alimentaire et médicinale.

446. Cardamine amara , Linné.

Cresson amer. — Moselle. ♃ — Plante médicinale.

447. Dentaria digitata , Lamk.
> Moselle. ♃ — Médicinale inusitée.

448. Lunaria rediviva , Linné.
> *Lunaria odorata* , Lam. — *Bulbonac.* — *Satinée.* ♃
> — Moselle.

449. Aubrietia Deltoidea , DC.
> *Alyssum deltoideium* , Linné. — Plante du Midi , cul-
> tivée pour ornement. ♃.

450. Vesicaria utriculatum , Lamk.
> *Alyssum utriculatum* , Linné. — France. — Arbris-
> seau cultivé pour ornement.

451. Alyssum maritimum , Lamk.
> *Koniga maritima,* B. — *Clypeola maritima,* Linné. —
> Plante méridionale. ♃.

452. Alyssum montanum , Linné.
> Moselle. — ♃.

453. Peltaria alliacea , Lamk.
> *Clypeola alliacea* , Linné. ♃ — Moselle.

454. Draba aizoides , Linné.
> *Drave faux aizon.* — Vosges. — ♃.

455. Cochlearia Armoracia , Linné.
> *Armoracia rusticana* , Beeh. — *Raifort.* — *Cranson
> rustique.* — *Moutarde des capucins.* — *Kram des An-
> glais.* — *Mérédick.* — Côtes de l'Océan. — Cultivée
> comme alimentaire et médicinale.

456. Camelina sativa , Cr.
> *Myagrum sativum* , Linné. — France. ⊙ — Graines
> oléagineuses. — Cultivée.

457. Isatis tinctoria , Linné.

> *Guède. — Vouèle. — Pastel.* — Moselle. ☉ — Cultivée pour la matière colorante bleue.

458. Iberis sempervirens, Linné.

> *Corbeille d'argent. — Thlaspi blanc vivace.* — De Crète , cultivée pour ornement.

459. Ethionema coridifolium , DC.

> Arbrisseau d'Orient , cultivé pour ornement.

460. Capsella Bursa-pastoris , Linné.

> *Bourse à pasteur.* — ♃ — Moselle. — Médicinale inusitée.

461. Lepidium graminifolium, Linné.

> *Chasse-rage. — Petit passe-rage. — Nasitort sauvage.* — Moselle. ♃.

462. Sinapsis arvensis , Linné.

> *Senevé des champs. — Senève. — Jotte.* ☉ — France méridionale.

463. Sinapsis alba , Linné.

> *Senève blanc. — Moutarde blanche.* — Moselle. ☉ — Cultivée. — Graines médicinales.

464. Brassica oleracea , Linné.

> *Chou potager.* — Plante alimentaire.

465. Diplotaxis tenuifolia , DC.

> *Sisymbrium tenuifolium*, Linné. ♃ — Plante méridionale.

466. Crambe maritima , Linné.

> *Chou marin.* — Plante du littoral , alimentaire, cultivée.

467. Raphanus sativus , Linné.

> *Radis.* — Cultivée pour la racine , alimentaire.

Famille des **Papavéracées**.

468. Macleya cordata, B. Br.
Plante de Chine, cultivée pour ornement. — ♃.

469. Sanguinaria canadensis, Linné.
Plante d'Amérique, cultivée pour ornement. —
Racine médicinale, inusitée.

470. Papaver Alpinum, Linné.
Pavot des Alpes. — Cultivée pour ornement.

471. Papaver hybridum, Linné.
Cultivée pour ornement. — ♃.

472. Papaver Orientale, Linné.
Pavot de Tournefort. — Pavot du Caucase. — D'Ar-
ménie, cultivée pour ornement.

473. Papaver bracteatum, Lindl.
Originaire de Russie, cultivée pour ornement.

474. Papaver somniferum, Linné.
Pavot somnifère. — Pavot blanc. — Cultivé en Orient
pour l'opium et en France pour les graines oléagineuses. — Feuilles et fruits médicinaux.

Famille des **Fumariacées**.

475. Diclytra formosa, Linné.
Fumaria formosa, Andr. — Plante d'Amérique,
cultivée pour ornement.

476. Diclytra spectabilis, DC.
Dicentra spectabilis, Beck. — Originaire de Sibérie,
cultivée pour ornement.

477. Corydalis flava , DC.

Fumaria lutea, Linné. — France. ♃ — Cultivée
pour ornement.

478. Fumaria officinalis, Linné.

Fumeterre. — Moselle. ☉ — Plante médicinale.

Famille des **Berbéridées**.

479. Podophyllum peltatum, Linné.

Amérique du Nord. ♃ — Cultivée pour ornement.

480. Epimedium macranthum , Decaisse.

Plante du Japon , cultivée pour ornement.

481. Berberis vulgaris , Linné.

Épine-vinette. — *Vinettier*. — Arbrisseau d'ornement. — Fruits comestibles.
Variété *a. Emarginata.*
 — *b. Foliis variegatis.*
 — *c. Foliis purpuris.*

482. Mahonia fascicularis , DC.

Arbrisseau de Californie , cultivé pour ornement.

Famille des **Magnoliacées**.

483. Magnolia grandiflora , Linné.

Laurier Tulipier. — Arbrisseau de la Caroline, cultivé pour ornement.

484. Magnolia glauca, Linné.

Arbre à castor. — Arbrisseau de la Caroline, cultivé
pour ornement.

485. Magnolia umbrella, Lamk.

Arbrisseau de l'Amérique du nord, cultivé pour ornement.

486. Magnolia acuminata, Linné.

Arbrisseau de Pensylvanie, cultivé pour ornement.

487. Magnolia Yulan, Desf.

Yulan des chinois. — Arbrisseau de la Chine, cultivé pour ornement.

488. Liriodendron tulipifera, Linné.

Tulipier de Virginie. — Amérique du nord. — Arbre cultivé pour ornement. — Écorce médicinale.

Famille des **Renonculacées.**

489. Clematis flammula, Linné.

Clématite odorante. — France méridionale. ♃ — Cultivée comme ornement.

490. Clematis vitalba, Linné.

Herbe aux gueux. — *Clématite.* — Moselle. ♃ — Cultivée comme ornement.

491. Thalictrum Aquilegifolium, Linné.

Colombine plumeuse. — *Pigamon à feuilles d'Ancolie.* — France. ♃.

492. Thalictrum tuberosum, Linné.

Pigamon tubereux. — Pyrennées.

493. Anemone Pulsatilla, Linné.

Pulsatilla vulgaris, Lob. — *Coquelourde.* — *Pulsatille. Herbe du vent.* — Moselle. ♃ — Cultivée pour ornement. — Médicinale peu usitée.

494. Anemone nemorosa , Linné.
Sylvie. — Moselle. ♃

495. Hepatica triloba , Chair.
Anemone Hepatica, Linné. — Hépatique. — Herbe de
la Trinité. ♃ — Moselle. — Cultivée pour ornement.

496. Adonis vernalis , Linné.
Alpes. ♃ — Médicinale inusitée. Difficile à cultiver.

497. Ranunculus flammula , Linné.
Petite douve. ♃ — Moselle. — Vénéneuse. — Médicinale inusitée.

498. Ranunculus sceleratus , Linné.
Sardonia. ♃ — Moselle. — Vénéneuse quand elle
est fraîche.

499. Caltha palustris , Linné.
Populage des marais. ♃ — Moselle.

500. Trollius Europœus , Linné.
Alpes, cultivée pour ornement. ♃.

501. Trollius Caucasicus , Ster.
Plante du Caucase , cultivée pour ornement.

502. Helleborus niger , Linné.
Rose de Noël. — Moselle. ♃ — Cultivée pour ornement. — Médicinale inusitée.

503. Helleborus viridis , Linné.
Moselle. ♃.

504. Nigella sativa , Linné.
Plante du midi, cultivée pour ornement. — Médicinale inusitée.

505. Aquilegia Canadensis , Linné.
Ancolie du Canada. — Plante de l'Amérique , cultivée comme ornement.

506. Delphinium Consolida, Linné.

> *Pied d'alouette sauvage.* ♃ — Moselle. — Médicinale peu usitée.

507. Aconitum lycoctonum, Linné.

> *Tue-loup.* — Vosges. ♃ — Médicinale inusitée. — Moselle.

508. Aconitum paniculatum, Lam.

> Alpes. — Cultivée pour ornement.

509. Actœa spicata, Linné.

> Moselle. ♃ — Médicinale. — Vénéneuse. — Inusitée.

510. Botrophis racemosa, Raf.

> *Actœa racemosa*, Linné. ♃ — Plante d'Amérique, cultivée pour ornement.

511. Pœonia officinalis, Retz.

> *Pivoine femelle.* — Alpes. — Cultivée comme ornement. — Graines médicinales.

Famille des **Urticées.**

512. Urtica dioica, Linné.

> *Grande ortie.* — Moselle. ♃ — Inusitée.

513. Parietaria officinalis, Linné.

> *Pariétaire.* — Moselle. ♃ — Médicinale.

Famille des **Morées.**

514. Morus alba, Linné.

> *Mûrier blanc.* — Cultivé pour élever les vers à soie.

515. Maclura aurantiaca, Nott.

> *Orangers des osages.* — Bois d'arc. — Arbrisseau d'Amérique. — Bois très-élastique. — Cultivé en haies.

516. Broussonetia papyrifera, Vent.

Morus papyrifera, Linné. — *Arbre à papier.* — Cultivé en Chine pour faire le papier. — En Europe arbre d'ornement.

517. Ficus carica, Linné.

Figuier commun. — Midi de l'Europe. — Fruits comestibles.

Famille des **Celtidées**.

518. Celtis Australis, Linné.

Micocoulier de Provence. — *Fabrecoulier.* — *Fabreguier.* — Europe méridionale, cultivé pour ornement.

519. Celtis occidentalis, Linné.

Micocoulier de Virginie, Linné. — Arbre d'Amérique, cultivé pour ornement. ·

520. Ulmus campestris, Linné.

Orme champêtre. — Arbre indigène à bois très-estimé. — Arbre d'ornement.

Variété *a. Crispa.*
 — *b. Tricolor.*
 — *c. Cucullata.*
 — *d. Latifolia aureo marginata.*
 — *e.* — *pendula.*
 — *f. Rubra.*
 — *g. Bateviana*
 — *h. Gracilis.*
 — *i. Foliis argenteis.*
 — *j. Purpurea.*
 — *k. Fastigiata.*
 — *l.* — *dampierdi.*
 — *m. Stricta monumentalis.*

521. Ulmus montana, Sw.

Orme de montagne. — Indigène.

522. Planera crenata, Desf.

Orme de Sibérie. — Zelkoma. — Du Caucase. Cultivé
pour ornement.

Famille des **Cannabinées**.

523. Cannabis sativa, Linné.

Chanvre cultivé. — Plante annuelle, originaire
d'Orient où elle sert à préparer le Haschich. — Cultivée en Europe pour ses fibres textiles et les graines
oléagineuses.

524. Humulus lupulus, Linné.

Houblon. — Plante cultivée pour les fruits. — Médicinale. — Jeunes pousses alimentaires.

Famille des **Polygonées**.

525. Rheum compactum, Linné.

Rhubarbe. ♃ — Originaire de Tartarie. — Racine
purgative. — Cultivée.

526. Rheum undulatum, Linné.

Rhubarbe. — Originaire de Tartarie. — Racine purgative. — Cultivée.

527. Rheum rhaponticum, Linné.

*Rhapontic. — Fausse rhubarbe. — Rhubarbe de
France.* — Originaire d'Orient. Cultivée dans le midi
pour ses racines.

528. Rheum ribes, Linné.

> *Rhubarbe groseille.* — D'Orient. — Cultivée pour les feuilles. — Comestible.

529. Polygonum bistorta, Linné.

> *Bistorte.* — Moselle. ♃ — Médicinale (la racine).

530. Fagopyrum vulgare, Neis.

> *Polygonum fagopyrum*, Linné. — *Carrabis.* — *Sarrasin.* — *Bucail.* — *Blé noir.* — *Blé de Tartarie.* — Plante annuelle, originaire d'Asie, cultivée pour la graine.

531. Rumex acetosa, Linné.

> *Oseille commune.* — *Oseille sauvage.* — *Grande oseille.* — Moselle. ♃ — Cultivée.

532. Rumex acetosella, Linné.

> *Petite oseille.* — *Oseille de brebis.* — Moselle. ♃.

533. Rumex patientia, Linné.

> *Patience.* — *Parelle.* — *Oseille épinard.* — *Épinard immortel.* — Moselle. ♃ — Racine médicinale. — Feuilles comestibles, négligées à tort.

Famille des **Caryophyllées.**

534. Dianthus barbatus, Linné.

> *OEillet de poète.* — *Jalousie.* — *Bouquet parfait.* — *Doux Jean.* — *Doux Guillaume.* — Plante des Alpes. ♃ — Cultivée comme ornement.

535. Dianthus fruticosus, Linné.

> *OEillet ligneux.* — Originaire d'Orient. — Cultivée comme ornement.

536. Dianthus caryophyllus, Linné.

Œillet des fleuristes. — Œillet à bouquet. — Grenadin. — Œillet à ratafia. — Plante indigène ; cultivée pour ornement.

537. Gypsophila repens , Linné.

Alpes. — Plante d'ornement. ♃.

538. Saponaria officinalis , Linné.

Saponaire. — Saponière. — Moselle. ♃ — Plante médicinale et industrielle.

539. Saponaria ocymoïdes , Linné.

Plante d'ornement.

540. Agrostemma Githago , Linné.

Lychnis Githago , Lamarck. — *Nielle des champs. — Couronne des blés.* — Moselle. ☉ — Nuisible aux moissons. Plante d'ornement.

541. Lychnis coronaria , Lamk.

Coronaria tomentosa, Br. — *Agrostemma coronaria ,* Linné. — *Lychnide de jardin. — Passe fleur. -- Coquelourde.* — France. ☉ — Cultivée pour ornement.

542. Lychnis floscuculi , Linné.

Coronaria floscuculi , Br. — *Fleur de coucou. — Œillet des prés. — Lamprette.* — Moselle. ♃ — Cultivée pour ornement.

543. Lychnis grandiflora , Jacq.

Plante vivace de Chine, cultivée pour ornement.

544. Lychnis Chalcedonica , Linné.

Croix de Malte. — Croix de Jérusalem. — Plante vivace d'Orient, cultivée pour ornement.

545. Lychnis viscaria , Linné.

Viscaria purpurea , Viem. -- *Bourbonnaise. — Attrape mouches.* — France. ♃ — Cultivée pour ornement.

546. Lychnis pratensis, Spr.

Lychnis dioica, Linné. — *Lychnis diurna*, Sm. —
Melandrium sylvestre, R. — *Silene diurna*, Cr. G. —
France.

547. Silene inflata, Linné.

Cucubalus behen, Linné.— *Carnillet.* — *Behen blanc.*
— Moselle. ♃ — Alimentaire.

548. Cucubalus baccifer, Gœrt.

Moselle. ♃.

549. Sagina nodosa, Fenz.

Spergula nodosa, Linné. ♃ -- France méridionale.

550. Alsine setacea, Fenz.

Arenaria setacea, Linné. ♃ -- France méridionale.

551. Arenaria montana, Linné.

Sabline des montagnes. ♃.

552. Stellaria holostea, Linné.

Gramen fleuri. — Moselle. ♃.

553. Stellaria glauca, Linné.

Moselle. ♃.

554. Holosteum umbellatatum, Linné.

Moselle. ⊙.

555. Cerastium tomentosum, Linné.

Plante vivace d'Italie, cultivée pour ornement.

Famille des **Nyctaginées.**

556. Mirabilis jalapa, Linné.

Faux jalap. — *Nyctago jalapa.* — *Belle de nuit.* —
Plante du Pérou. ♃ — Cultivée pour ornement. —
Racine médicinale, inusitée.

Famille des **Phytolaccées.**

557. Phytolacca decandra, Linné.

Laque. — Raisin d'Amérique. — Plante d'Amérique, comestible. — Les fruits sont purgatifs.

Famille des **Chenopodées.**

558. Chenopodium fœtidum, Lamk.

Ansérine fétide. — Arroche puante. — Moselle. — Médicinale inusitée.

559. Blitum bonus Henricus, Rheb.

Chenopodiun bonus Henricus, Linné. — *Herbe du bon Henri. — Toute bonne. — Épinard sauvage.* — Moselle. ♃ — Alimentaire.

560. Atriplex hortensis, Linné.

Arroche. — Follette. — Bonne dame. — Arroche épinard. — Plante annuelle, originaire de Tartarie. — Cultivée, alimentaire.

561. Spinacia oleracea, Linné.

Épinard. — Plante méridionale. — Cultivée, alimentaire.

562. Camphorosma Monspeliaca, Linné.

Camphrée de Montpellier. — Arbrisseau du midi. — Médicinal inusité.

563. Salicornia herbacea, Linné.

Salicot. — Salicorne. — Passe pierre. ☉ — Condimentaire. — Moselle.

564. Suæda fruticosa, Farck.

Salsola fruticosa, Linné. — France maritime.

Famille des **Amaranthacées.**

565. Amaranthus caudatus , Linné.
> *Queue de renard.* — *Discipline de religieuse.* — Indes
> orientales. ⊙ — Cultivée pour ornement.

566. Celosia cristata , Linné.
> *Amaranthe.* — *Crête-de-coq.* — *Passe velours.* —
> Plante d'ornement.

Famille des **Paronychiées.**

567. Herniaria glabra , Linné.
> *Turquette.* — *Herniaire.* — *Herbe au cancer.* —
> Moselle. ♃ — Médicinale.

568. Telephium imperati , Linné.
> Moselle. ♃.

569. Scleranthus perennis , Linné.
> Plante vivace du Méxique, cultivée pour ornement.

Famille des **Portulacées.**

570. Montia rivularis , Guel.
> *Montia fontana ,* Linné. — France. — Alimentaire.

Famille des **Cactées.**

571. Opuntia vulgaris , Mill.
> *Cactus opuntia ,* Linné. — *Nopal.* — *Raquette.* —
> Originaire d'Amérique. — Cultivée pour y élever la
> cochenille.

Famille des **Crassulacées**.

572. Umbilicus pendulinus, DC.
Nombril de Vénus. — Plante vivace du midi de la France.

573. Sedum rhodiola, DC.
Rhodiola rosea, Linné. — Plante des Alpes, alimentaire.

574. Sedum maximum, Sutter.
Sedum latifolium, Bert. — *Sedum telephium,* variété Linné. ♃ — Moselle.

575. Sedum telephium, Linné.
Orpin. — Reprise. — Herbe à la coupure. — Moselle. ♃ — Médicinale.

576. Sempervirens tectorum, Linné.
Jovibarba tectorum, DC. — *Joubarbe des toits.* — Moselle. ♃ — Médicinale.

577. Sempervirens montana, Linné.
Alpes. ♃.

Famille des **Philadelphées**.

578. Philadelphus latifolius, Linné.
Seringat à larges feuilles. — Arbrisseau de la Caroline, cultivé pour ornement.

579. Philadelphus coronarius, Linné.
Arbrisseau du midi, cultivé pour ornement.
Variété *a. Flore pleno.*
— *b. Nanus.*

580. Philadelphus inodorus, Linné.

> Arbrisseau de la Caroline, cultivé pour ornement.
> Variété *a. Macranthus*.
> — *b. Foliis variegatis*.

581. Philadelphus grandiflorus, Wild.

> Arbrisseau de l'Amérique du nord, cultivé pour ornement.
> Variété *a. Speciosissimus*.

582. Deutzia crenata, S.

> Chine. ♄ — Cultivée pour ornement.

583. Deutzia scabra, Thumb.

> Arbrisseau de la Chine, cultivé pour ornement.

584. Deutzia gracilis, Bucc.

> Arbrisseau du Japon, cultivé pour ornement.

Famille des **Saxifragées**.

585. Saxifraga aizoon, Jacq.

> *Aizoonia aizoon*, Tausch. ♃ — France.

586. Saxifraga hypnoides, Linné.

> *Saxifrage mousseuse*. — *Dactyloidea hypnoides*, Tausch. — *Gazon turc*. — Alpes, cultivée en gazon pour ornement.

587. Saxifraga umbrosa, Linné.

> *Hydatica umbrosa*, Tausch. — *Mignonnette*. — *Amourette*. — *Désespoir des peintres*. — Alpes, cultivée pour ornement.

588. Hydrangea arborescens, Linné.

> Arbrisseau d'Amérique, cultivé pour ornement.

Famille des **Ribésiacées**.

589. Ribes nigrum, Linné.

> *Ribesia nigrum,* DC. — *Groseillier noir.* — *Cassis.* — Arbrisseau des bois, cultivé pour les fruits — Feuilles médicinales inusitées.

590. Ribes sanguineum, Persh.

> *Ribesia sanguineum,* DC. — *Groseillier à fleurs rouges.* — Arbrisseau de Californie, cultivé pour ornement.
> Variété *a. Foliis laciniatis.*
> — *b. Flore atro rubens.*
> — *c. Fonta naysi.*

591. Ribes aureum, Persh.

> *Ribesia aureum,* DC. — *Groseillier à fleurs jaunes.* — Arbrisseau de l'Amérique boréale. — Cultivé pour ornement.

Famille des **Passiflorées**.

592. Passiflora cœrulea, Linné.

> *Grenadille.* — *Fleur de la passion.* — Plante ligneuse d'Amérique, cultivée pour ornement.

Famille des **Balsamifluées**.

593. Liquidambar styraciflua, Linné.

> *Copalme d'Amérique.* — Cultivé pour ornement.

Famille des **Ombellifères**.

594. Hydrocotyle vulgaris, Linné.
> *Ecuelle d'eau.* — Moselle. ♃ — Médicinale inusitée.

595. Sanicula Europœa, Linné.
> *Sanicle.* — Moselle. ♃ — Médicinale inusitée.

596. Astrantia major, Linné.
> *Sanicle femelle.* — *Radiaire.* — Vosges. ♃ — Médicinale.

597. Astrantia minor, Linné.
> *Petite radiaire.* ♃ — Moselle.

598. Eryngium amethystinum, Linné.
> Plante vivace de Croatie, cultivée pour ornement.

599. Cicuta virosa, Linné.
> *Cicuta aquatica*, Lamk. — *Ciguë aquatique.* — *Ciguë vireuse.* — Moselle. ♃ — Plante très-vénéneuse.

600. Apium graveolens, Linné.
> *Ache odorant.* — Plante indigène dont on cultive deux variétés comme alimentaires le *céleri* et le *céleri rave.* Racine sauvage médicinale.

601. Petroselinum sativum, Hoff.
> *Apium petroselinum*, Linné. ♃ — Plante du midi. Cultivée sous le nom de *persil* comme alimentaire. — Médicinale.

602. Ammi majus, Linné.
> Plante annuelle médicinale.

603. OEgopodium podagraria, Linné.
> *Herbe à Gérard.* — *Herbe aux goutteux.* — Médicinale inusitée. ♃ — Moselle.

604. **Bunium carvi, Bréb.**

Carum carvi, Linné. — *Carvi*. — *Anis des Vosges.*
— Vosges. ♃ — Graines aromatiques.

605. **Bunium bulbocastanum, Linné.**

Carum bulbo castanum, Koch. — *Noix de terre.* —
Moinsou. — *Suron.* — *Gernolle.* — Moselle. ♃ —
Bulbes alimentaires ; plante négligée à tort.

606. **Pimpinella anisum, Linné.**

Anis. — Plante annuelle, cultivée dans le midi pour
ses fruits aromatiques.

607. **Sium latifolium, Linné.**

Berle à larges feuilles. — Moselle. ♃ — Médicinale
inusitée.

608. **Buplevrum fruticosum, Linné.**

Plante vivace du midi, cultivée pour ornement.

609. **OEnante fistulosa, Linné.**

Moselle. ♃ — Plante vénéneuse.

610. **OEnante crocata, Linné.**

Pansacre. ♃ — Plante vénéneuse. — France méridionale.

611. **Ethusa cynapium, Linné.**

Petite ciguë. — *Faux persil.* — *Ache des chiens.* —
Moselle. ♃ — Très-vénéneuse.

612. **Fœniculum dulce, DC.**

Fœniculum vulgare, Germ. — *Anethum fœniculum*,
Linné. — Plante méridionale, cultivée pour les fruits
aromatiques. — Racines et fruits médicinaux.

613. **Seseli montanum, Linné.**

Alpes. ♃ — Médicinale inusitée. — Moselle.

614. Meum athamanticum, Jocq.
> Moselle. ♃ – Médicinale vétérinaire.

615. Crithmum maritimum, Linné.
> *Barille. — Criste marine. — Fenouille de mer. —*
> *Perce pierre.* — France maritime. — Vivace. — Médi-
> cinale.

616. Levistichum officinale, Knoel.
> *Ligusticum Levisticum,* Linné. — *Angelica Lœvisti-*
> *cum,* Ait. — *Ache des montagnes.* — Alpes. ♃ — Médi-
> cinale.

617. Archangelica officinalis, Hoff.
> *Angelica archangelica,* Linné. — *Angélique.* — Plante
> du nord de l'Europe. — Racines et fruits médicinaux.
> — Tige alimentaire.

618. Imperatoria ostruthium, Koch.
> *Peucedanum Imperatorium,* Linné. — *Imperatoire.*
> — Moselle. ♃ — Médicinale.

619. Siler trilobum, Scop.
> *Laserpitium trilobum,* Linné. — Alpes. ♃ — Plante
> d'ornement. — Moselle.

620. Cuminum cyminum, Linné.
> *Cumin officinal.* — Plante d'Egypte, cultivée pour
> les fruits aromatiques.

621. Daucus carota, Linné.
> *Carotte.* — Plante indigène bisannuelle, cultivée
> pour la racine alimentaire.

622. Chœrophyllum bulbosum, Linné.
> *Cerfeuil bulbeux.* — Moselle. ♃ — Racine alimen-
> taire, peu cultivée.

623. Conium maculatum, Linné.

> *Ciguë.* — *Grande ciguë.* — Moselle. ♃ — Vénéneuse, médicinale.

624. Coriandrum sativum, Linné.

> *Coriandre.* — Plante méridionale, cultivée pour les fruits aromatiques.

625. Thapsia villosa, Linné.

> *Malherbe.* — Plante vivace du midi. — Médicinale.

Famille des **Araliacées.**

626. Hedera helix, Linné.

> *Lierre.* — Arbrisseau grimpant. — Moselle. — Cultivé pour ornement.

Famille des **Cornées.**

627. Cornus florida, Linné.

> Arbre de l'Amérique du nord, cultivé pour ornement. — Écorce médicinale.

628. Cornus mas, Linné.

> *Cornouiller.* — Arbrisseau indigène. — Bois très-dur. — Fruits comestibles.
> Variété *a. Lanceolata.*
> — *b. Variegata.*
> — *c. Nana.*

629. Cornus alba, Linné.

> Arbre de l'Amérique du nord, cultivé pour ornement.

630. Cornus sanguinea, Linné.

> *Cornouiller femelle.* — Arbrisseau cultivé pour la graine oléagineuse.

631. Aucuba Japonica, Thumb.

> Arbrisseau du Japon, cultivé pour ornement.

Famille des **Aristolochiées**.

632. Aristolochia Clematitis, Linné.

> *Aristoloche.* — *Sarrazine.* — Moselle. ♃ — Feuilles médicinales.

633. Aristolochia sipho, Lh.

> *Pipe de tabac.* — Arbrisseau grimpant d'Amérique, cultivé pour ornement.

634. Asarum europœum, Linné.

> *Cabaret.* — *Oreille d'homme.* — *Rondelle.* — *Nard sauvage.* — Moselle. ♃ — Plante médicinale.

Famille des **Cucurbitacées**.

635. Bryonia dioica, Linné.

> *Bryone.* — *Couleuvrée.* — *Vigne blanche.* — *Herbe des femmes battues.* — Moselle. — Vivace. - Cultivée. — Racine féculante, médicinale.

636. Bryonia alba, Linné.

> *Bryone blanche.* — France méridionale.

637. Lagenaria vulgaris, Sév.

> *Callebasse commune.* — *Cucurbita Lagenaria,* Linné. — *Gourde.* — *Courge.* — Plante des Indes, cultivée comme ornement.

Famille des **Œnothérées**.

638. Œnothera macrocarpa, Pers.
> Plante d'Amérique, cultivée pour ornement.

639. Œnothera speciosa, Nutt.
> Plante d'Amérique, cultivée pour ornement.

640. Epilobium spicatum, Lamk.
> *Laurier de Saint-Antoine. — Chamœnerion spicatum*, Tanch. — Moselle. ♃ — Jeunes pousses comestibles. Plante d'ornement.

641. Epilobium hirsutum, Linné.
> Moselle. — Plante d'ornement.

642. Fuchsia fulgens, DC.
> Arbrisseau du Méxique, cultivé pour ornement.

643. Fuchsia coccinea, Ail.
> *Fuchsia magellanica*, Lamk. — Arbrisseau du Brésil, cultivé pour ornement.

644. Circœa lutœsiana, Linné.
> *Herbe aux sorciers. — Herbe de Saint-Etienne.* — Médicinale inusitée. — Moselle.

Famille des **Lithrariées**.

645. Lythrum salicaria, Linné.
> *Salicaire.* — Moselle. ♃ — Médicinale inusitée.

646. Lythrum virgatum, Linné.
> Plante d'ornement.

Famille des **Thyméléées.**

647. Daphne laureola , Linné.
> Moselle. — Arbrisseau d'ornement.

648. Daphne mesereum , Linné.
> *Jolibois. — Bois gentil. — Garou.* — Plante d'orne-
> ment. — Écorce vésicante.

649. Passerina tinctoria , Pourr.
> Arbrisseau du midi, cultivé pour ornement.

———

Famille des **Eléagnées.**

650. Eleagnus angustifolius , Linné.
> Arbrisseau du midi, cultivé pour ornement.

651. Hippophae rhamnoides, Linné.
> Arbrisseau du midi, cultivé pour ornement.

———

Famille des **Rhamnées.**

652. Zisyphus vulgaris , Lamk.
> *Rhamnus sisyphus*, Linné. — *Jujubier.* — Arbre du
> midi. — Fruits béchiques.

653. Rhamnus frangula , Linné.
> *Bourdaine. — Bourgène. — Aulne noir.* — Arbre
> indigène , cultivé. — Fruits purgatifs.

654. Rhamnus infectorius , Linné.
> *Nerprun des teinturiers.— Graine d'Avignon.—* Fruits
> usités en teinture sous les noms de *Graine de Perse.*

655. Rhamnus catharticus, Linné.

> *Nerprun.* — Fruits purgatifs.

656. Rhamnus alaternus, Linné.

> *Alaterne.* — Arbrisseau du midi. — Employé en teinture.

657. Ceanothus Americanus, Linné.

> Arbrisseau d'Amérique, cultivé pour ornement.

Famille des **Myrtacées**.

658. Myrtus communis, Linné.

> Arbrisseau du midi, cultivé pour ornement.

Famille des **Granathées**.

659. Punica granatum, Linné.

> *Grenadier.* — Arbrisseau du midi de l'Europe. — Cultivé comme ornement. — Fruits comestibles. — Racines fébrifuges.

Famille des **Calycanthées**.

660. Calycanthus floridus, Linné.

> Arbrisseau de la Caroline, cultivé pour ornement.

661. Calycanthus glaucus, Wild.

> Arbrisseau de la Caroline, cultivé pour ornement.
> Variété *a. Oblongifolius.*

Famille des **Pomacées.**

662. Cydonia vulgaris, Person.

> *Pyrus cydonia*, Linné. — *Coignassier*. — Arbre cul-
> tivé. — Fruits alimentaires et médicinaux. — Graines
> mucilagineuses.

663. Cydonia sinensis, Thouin.

> *Pyrus sinensis*, Poirt. — Arbre de la Chine, cultivé
> comme ornement.

664. Cydonia Japonica, Pers.

> *Pyrus Japonica*, Thumb. — Arbrisseau du Japon,
> cultivé pour ornement.
> Variété *a. Flore alba.*
> — *b. Umbilicata.*
> — *c. Aurora.*

665. Pyrus communis, Linné.

> *Poirier*. — Arbre indigène. Cultivé pour les fruits.

666. Malus spectabilis, Ait.

> *Pyrus spectabilis*, Desf. — *Pommier du Japon*. —
> Arbrisseau cultivé pour ornement.

667. Sorbus torminalis, Crantz.

> *Pyrus torminalis*, Ehr. — *Cratœgus torminalis*,
> Linné. — *Aigreline*. — *Alisier des bois.* — *Alisier tran-
> chant*. — Arbre indigène. — Bois estimé. — Ecorce
> médicinale, inusitée.

668. Sorbus latifolia, Pers.

> *Pyrus intermedia*, Ehrenh. — Alisier de Fontaine-
> bleau. — Arbre indigène, cultivé pour ornement.

12

669. Sorbus aria, Craub.

> *Pyrus aria*, Ehr. — *Cratægus aria*, Linné. — *Alisier.*
> *Allouchier.* — *Douiller.* — Arbre indigène. -- Cultivé
> pour ornement.
>> Variété *a. Latifolia.*
>> — *b. Longifolia.*
>> — *c. Grœia.*
>> — *d. Intermedia.*
>> — *e.* — *Latifolia.*
>> — *f.* — *Dentata.*

670. Sorbus hybrida, Linné.

> *Pyrus pinnatifida*, Schm. — *Cratægus aria*, variété
> Linné. — *Sorbus scandinafies.* — Arbre indigène,
> cultivé pour ornement.

671. Sorbus aucaparia, Linné.

> *Pyrus aucaparia*, Gœrt. — *Sorbier.* — Bois estimé.
> — Fruit alimentaire. — Arbre indigène, cultivé pour
> ornement.
>> Variété *a. Pendula.*

672. Sorbus domestica, Linné.

> *Pyrus sorbus*, Gœrt. — Fruit alimentaire *(Corme).*
> — Cultivé pour ornement.

673. Mespylus germanica, Linné.

> *Néflier.* — Arbre indigène. — Fruit comestible.

674. Cotoneaster vulgaris, Lindl.

> *Mespylus cotoneaster*, Linné. — *Néflier cotonnier.* —
> Arbre indigène, cultivé pour ornement.

675. Cotoneaster rotundifolia, Lindl.

> *Mespylus buxifolia* des horticulteurs. — Arbre du
> Népaul, cultivé pour ornement.

676. Cotoneaster microphylla , Wall.

Arbre du Népaul, cultivé pour ornement.

677. Eriobotrya Japonica , Lindl.

Mespylus Japonica , Thumb. — *Néflier du Japon.* —
Bibacier. — Arbrisseau de la Chine, cultivé pour
ornement.

678 Cratægus oxyacantha , Linné.

Aubépine. — *Épine blanche.* — Bois de mai. — Arbre
indigène, cultivé en haie et pour ornement.
Variété *a. Foliis luteis.*
— *b. Variegata.*
— *c.* — *nova.*
— *d. Flore puniceo.*
— *e.* — — *pleno.*
— *f. Albo pleno.*
— *g.* — *roseo.*
— *h.* — — *pleno.*
— *i. Pendula.*
— *j. Tortuosa.*
— *k. Spinosissima.*
— *l. Zaboon.*

679. Cratægus azareolus , Linné

Arbrisseau du Midi, cultivé pour ornement.

680. Cratægus coccinea , Linné

Aubépine écarlate. — Arbrisseau d'Amérique, cultivé
pour ornement.

681. Cratægus Crusgalli , Linné.

Arbrisseau de l'Amérique du nord, cultivé pour
ornement.

682. Cratægus linearis , Pers.

Arbrisseau d'Amérique, cultivé pour ornement.

Famille des **Spireacées**.

683. Kerria Japonica , DC.

Corchorus Japonica, Thumb. — Corête. — Corchorus. — Cultivée pour ornement.

684. Spiræa filipendula , Linné.

Filipendule. — Moselle. — Médicinale inusitée.

685. Spiræa lobata , Marr.

Spirea palmata, Linné. — Reine des prés du Canada. — Cultivée pour ornement.

686. Spiræa ulmaria , Linné.

Ulmaire. — Reine des prés. — Moselle. ♃ — Plante médicinale et d'ornement.

687. Spiræa aruncus , Linné.

Barbe de chèvre. — Barbe de bouc. — Plante indigène; médicinale inusitée ; d'ornement.

688. Spiræa sorbifolia , Linné.

Originaire de Sibérie. — Cultivée pour ornement.

689. Spiræa Lindleyana , Sieb.

Arbrisseau du Japon , cultivé pour ornement.

690. Spiræa ariæfolia , Sm.

Arbrisseau de l'Amérique du nord , cultivé pour ornement.

691. Spiræa salicifolia , Linné.

De l'Amérique du nord , cultivé pour ornement.

692. Spiræa lœvigata , Linné.

Arbuste de Sibérie , cultivé pour ornement.

693. Spiræa hypericifolia, Linné.

> *Spirea à feuille de millepertuis.* — Du Canada, cultivé pour ornement.

694. Spiræa crenata, Linné.

> *Spirea hypericifolia,* variété DC. — Indigène, cultivé pour ornement.

695. Spiræa trilobata, Linné.

> Monts Altaï. — Cultivé pour ornement.

696. Spiræa elegans, DC.

> *Spirea bella,* Sems. — Arbrisseau du Népaul, cultivé pour ornement.

697. Spiræa prunifolia, Sieb.

> Plante du Japon, cultivée pour ornement.

698. Spiræa ulmifolia, Scop.

> Plante de Carniole, cultivée pour ornement.

699. Spiræa opulifolia, Linné.

> Arbuste de l'Amérique du nord, cultivé pour ornement.

Famille des **Rosacées.**

700. Rosa eglanteria, Linné.

> *Rose jaune.* — *Eglantier jaune.* — Cultivé pour ornement.

701. Rosa Indica.

> *Rose de Chine, Rose du Chili,* DC. — Cultivée pour ornement.
>
> Variété *a.*
>
> — *b.*

702. Rosa Gallica, Linné.

> *Rose rouge.* — *Rose de Provins.* — Cultivée pour ornement et fleurs médicinales.
> Variété *a.*
> — *b.*

703. Rosa centifolia, Linné.

> *Rose à cent feuilles.* — *Rose paysanne.* — Cultivée pour ornement et pour la fleur.
> Variété *a.*
> — *b.*

704. Rosa Alpina, Linné.

> Alpes. — Cultivée pour ornement.

705. Rosa canina, Linné.

> *Églantier sauvage.* — *Cul-de-chien.* — *Cynorrhodon.* — *Gratte-cul.* — Indigène, cultivé pour greffer et pour les fruits alimentaires.

706. Agrimonia eupatoria, Linné.

> Moselle. ♃ — Racine médicinale.

707. Alchemilla vulgaris, Linné.

> *Pied de lion.* — Moselle. ♃ — Médicinale inusitée.

708. Sanguisorba officinalis, Linné.

> *Pimprenelle des prés.* — Moselle. ♃ — Médicinale inusitée.

709. Poterium sanguisorba, Linné.

> *Pimprenelle commune.* — *Pimprenelle des jardins.* — Cultivée, condimentaire.

710. Rubus fruticosus, Linné.

> *Ronce commune.* — Indigène. — Feuilles astringentes. — Fruit comestible.

711. Rubus idœus, Linné.

Framboisier. — Cultivé pour les fruits comestibles.

712. Fragaria vesca, Linné.

Fraisier. — Indigène. — Cultivé pour ses fruits comestibles. — Racine médicinale.

713. Potentilla anserina, Linné.

Ansérine, Argentin. — Plante vivace, indigène, médicinale.

714. Potentilla fruticosa, Linné.

Arbrisseau des Pyrennées, cultivé pour ornement.

715. Geum urbanum, Linné.

Benoite. — *Caryophillata.* — Indigène, médicinale peu usitée.

Famille des **Amygdalées**.

716. Amygdalus amara, J. B.

Amygdalus communis, Linné. — *Amandier amer.* — Arbre du midi cultivé pour ses amandes médicinales et oléagineuses.

717. Amygdalus nana, Linné.

Amandier nain. — *Amandier de Georgie.* — Arbrisseau d'Orient, cultivé pour ornement.

718. Persica vulgaris, Mill.

Amygdalus persica, Linné. — *Pêcher.* — Originaire de Perse, fleurs purgatives. Cultivé pour ses fruits comestibles.

719. Prunus domesticus, Linné.

Prunier. — Arbre cultivé pour les fruits.

720. Prunus spinosus, Linné.

> *Prunellier.* — *Epine noire.* — Indigène, cultivé en
> haies.

721. Cerasus avium, DC.

> *Prunus avium*, Linné. — Merisier. — Arbre indigène
> cultivé pour le bois, pour les fruits et comme ornement.

722. Cerasus vulgaris, Mill.

> *Prunus cerasus*, Linné. — *Cerasus caproniana*, DC.
> — *Cerasus acida*, Gœrt. — Cerisier. — Arbre d'Orient,
> cultivé pour les fruits.
> > Variété *a. Salicifolia.*
> > — *b. Asplenifolia.*
> > — *c. Flore pleno.*

723. Cerasus semper florens, DC.

> *Prunus semper florens*, Wild. — Cerisier de la Tous-
> saint. Cultivé pour ornement.

724. Cerasus Mahaleb, Mill.

> *Prunus Mahaleb*, Linné. — *Quenot.* — *Bois de
> Sainte-Lucie.* — Arbre cultivé pour le bois et comme
> ornement.
> > Variété *a. Monstrosa.*

725. Cerasus padus, DC.

> *Prunus padus*, Linné. — *Putiot.* — *Merisier à
> grappes.* — Cultivé comme ornement.
> > Variété *a. Bractaeta.*
> > — *b. Aucubæfolia.*
> > — *c. Fimbriata.*
> > — *d. Virginiana.*

726. Cerasus lauro-cerasus, Lois.

> *Prunus lauro-cerasus*, Linné. — *Laurier cerise.* —
> *Laurier amandier.* — *Laurier aux crêmes.* — Arbre

de l'Asie mineure, cultivé comme ornement et l'usage médical.

Variété *a. Angustifolius.*
— *b. Foliis variegatis.*
— *c. Colchica.*
— *d. Caucasicus.*

Famille des **Papillionacées**.

727. Cladrastis tinctoria , Rafn.

Virgilia lutea, Michaux. — Arbre de l'Amérique du nord. Bois employé en teinture, arbre d'ornement.

728. Sophora Japonica , Linné.

Staphnolobium Japonicum, Schott. — Arbre du Japon, fruit tinctorial. — Plante d'ornement.

729. Phaseolus vulgaris, Linné.

Haricot. — *Haricot à ramer.* — Originaire de l'Inde. Fruits alimentaires.

730 Wistaria sinensis , DC.

Glycine de la Chine. — *Glycine sinensis,* Linné. — Cultivée pour ornement.

731. Onobrychis sativa , Lamk.

Hedysarum onobrychis, Linné. — *Sainfoin.* — *Esparcette.* — Plante fourragère.

732. Hedysarum coronarium , Linné.

Sainfoin d'Espagne. — Plante d'Italie. Cultivée pour ornement.

733. Arachis hypogea , Linné.

Pistache de terre. — Cultivée au Méxique pour ses graines oléagineuses.

13

734. Ornithopus sativus , Linné.

> *Serradelle.* — Plante fourragère.

735. Coronilla varia , Linné.

> *Coronille bigarrée.* ♃ — Moselle.

736. Coronilla Emerus , Linné.

> *Séné bâtard. — Faux baguenaudier. — Emerus securidacea* des jardiniers. — Plante cultivée pour ornement.

737. Orobus tuberosus , Linné.

> *Orobe.* ♃ — Moselle.

738. Orobus vernus , Linné.

> France méridionale.

739. Lathyrus tuberosus, Linné.

> *Gland de terre. — Gesse tubéreuse. — Anette. — Macujon. — Macjon.* — Moselle. — Racine comestible.

740. Lathyrus latifolius , Linné.

> *Grande gesse. — Pois de Chine. — Pois vivace. — Pois à bouquet.* — Plante vivace indigène , cultivée pour ornement.

741. Vicia sativa , Linné.

> *Vesce cultivée.* — Plante fourragère.

742. Faba vulgaris, Mœnch.

> *Vicia faba ,* Linné. — *Fève de marais. — Féverole.* — Originaire d'Orient, cultivée pour les graines alimentaires.

743. Ervum ervilla , Wild.

> *Ervilla sativa ,* Lack. — *Vicia ervillia ,* Wild. — *Ers. — Alliez. — Comin.* — Moselle.

744. Ervum lens, Linné.

> *Lens esculenta*, Mœnch. — *Vicia lens*, Germ. -
> *Lentille.* — Cultivée pour les graines.

745. Pisum sativum, Linné.

> *Pois.* — Plante cultivée pour la graine.

746. Cicer arietinum, Linné.

> *Chiche tête de bélier.* — *Pois chiche.* — *Garvance.* —
> *Café français.* — Plante fourragère. Graine alimentaire.

747. Astragalus variegatus, Pail.

> Plante méridionale, cultivée pour ornement.

748. Colutea frutescens, Linné.

> *Baguenaudier d'Ethiopie.* — *Sutherlandia frutescens*,
> BB. — Plante du Cap, cultivée pour ornement.

749. Colutea arborescens, S.

> *Baguenaudier.* — *Faux séné.* — Indigène, arbuste
> d'ornement.

750. Colutea orientalis, Ail.

> *Colutea orientalis*, Lamk. — Plante méridionale,
> cultivée pour ornement.

751. Caragana arborescens, Lamk.

> *Robinia caragana*, Linné. — Arbre de Sibérie, cul-
> tivé pour ornement.

752. Caragana chamlagu, Lamarck.

> *Robinia chamlagu*, Linné. — *Caragana de la Chine.*
> — Cultivé pour ornement.

753. Caragana attagana, Poir.

> *Robinia attagana*, Delt. — Arbuste de la Sibérie,
> cultivé pour ornement.

754. Robinia pseudo acacia, Linné.

> *Acacia.* — Arbre de l'Amérique boréale, cultivé pour ornement.
>
> Variété *a. Saphoræ folia.*
> — *b. Glaucescens.*
> — *c. Foliis aureis.*
> — *d. Dissecta.*
> — *e. Aureo variegatis.*
> — *f. Revoluta.*
> — *g. Echinata.*
> — *h. Microphylla.*
> — *i. Cornigera.*
> — *j. Bullata.*
> — *k. Coluteoides.*
> — *l. Umbraculifera.*
> — *m. Comusetti.*
> — *n. Gondonini.*
> — *o. Benoniana.*
> — *p. Procera.*

755. Robinia viscosa, Vent.

> *Acacia visqueux.* — Arbre de l'Amérique boréale, cultivé pour ornement.

756. Robinia hispida, Linné.

> *Acacia rose.* — Arbre de l'Amérique du nord, cultivé pour ornement.

757. Glycyrrhiza glabra, Linné.

> *Réglisse.* — Plante méridion[le], cultivée pour la racine.

758. Amorpha fruticosa, Linné.

> *Faux indigo.* — Arbriss. d'Amér., cultivé pour ornem.

759. Lotus corniculatus, Linné.

> Moselle. ♃.

760. Tetragonolobus siliquosus, Roth.

> *Lotus siliquosus*, Linné. — Moselle.

761. Trifolium repens, Linné.

    Trèfle rampant. — Triolet. — Cultivé pour fourrage.

762. Trifolium pratense, Linné.

    Trèfle. — Trèfle commun. — Grand trèfle rouge. — Plante fourragère.

763. Trifolium incarnatum.

    Farouche. — Trèfle incarnat. — Fourrouche. — Plante fourragère annuelle.

764. Melilotus officinalis, Linné.

    Melilotus macrorhiza, Pers. *— Melilotus altissima,* Lois. *— Melilot.* ⊙ — Moselle. — Plante médicinale.

765. Trigonella Fœnum grœcum, Linné.

    Fenugrec. — Cultivé dans le Midi, pour fourrage. — Graine médicinale.

766. Medicago sativa, Linné.

    Luzerne. — Plante fourragère, vivace.

767. Anthyllis vulneraria, Linné.

    Vulnéraire. — Moselle. — ♃ — Médicinale peu usitée.

768. Cytisus laburnum, Linné.

    Faux ébénier. — Cytise à grappes. — Aubour. — Amborne. — Cytise de Virgel. — Arbre indigène, cultivé pour ornement.

    Variété *a. Monstrosus.*
       —   *b. Ballatuca.*
       —   *c. Quercifolium.*
       —   *d. Grandiflorum.*
       —   *e. Scrotinum.*
       —   *f. Adami.*
       —   *g. Parcksii.*
       —   *h. Watererii.*
       —   *i. Pendulum.*

769. **Cytisus Alpinus, Mill.**

>   Alpes. — Arbre cultivé pour ornement.

770. **Cytisus nigricans, Linné.**

>   Alpes. — Arbre cultivé pour ornement.
>   Variété *a. Longispicatus.*
>   — *b. Carlierii.*

771. **Cytisus sessilifolius, Linné.**

>   *Petit Cytise.* — *Trifolium des jardiniers.* — Arbuste
>   du Midi, cultivé pour ornement.

772. **Cytisus purpureus, Scopoli.**

>   *Cytise pourpre.* — Arbre de Croatie, cultivé pour
>   ornement.
>   Variété *a. Stromboli.*
>   — *b. Superba.*
>   — *c. Floribundus.*

773. **Cytisus biflorus, Leh.**

>   Arbre d'Autriche, cultivé pour ornement.

774. **Cytisus capitatus, Jacq.**

>   Arbre du Midi, cultivé pour ornement.

775. **Genista tinctoria, Linné.**

>   *Genestrole* — *Herbe à jaunir.* — Moselle. — Plante
>   tinctoriale, médicinale inusitée.

776. **Sarothamnus scoparius, Godr.**

>   *Genista scoparia,* Lamk. — *Spartium scoparium,*
>   Linné. — *Genêt à balais.* — Moselle. — Employé à
>   faire des balais. — Médicinal peu employé.

777. **Spartium Junceum, Linné.**

>   *Genista Juncea,* Lamk. — Arbuste du Midi. —
>   *Genêt d'Espagne.* — Ornement.

778. Ulex Europœus, Linné.
> *Ulex vernalis* , Thou. — *Ajonc.* — *Ajonc marin.* —
> *Thuge.* — *Jau.* — *Bruce.* — *Landier.* — *Vigneau.* —
> France. — ♃ — Fourrage d'hiver.

779. Ononis campestris , Koch.
> *Ononis spinosa* , Linné. — *Bugrane.* — *Arrête-bœuf.*
> — Racine apéritive. — Moselle.

780. Lupinus albus, Linné.
> Plante du Levant. — Graine alimentaire et médi-
> cinale. — Cultivée pour ornement.

781. Lupinus polyphyllus , Linné.
> Plante vivace de Colombie, cultivée pour ornement.

782. Baptisia australis , B. B.
> Plante vivace de Caroline , cultivée pour ornement.

Famille des **Césalpiniées.**

783. Ceratonia siliqua, Linné.
> *Caroubier.* — *Carouge.* — Arbre d'Algérie , cultivé
> pour les fruits.

784. Cassia marylandica , Linné.
> Arbre de l'Amérique boréale, cultivé pour ornement.

785. Gleditschia triacantha , Linné.
> *Févier d'Amérique.* — *Carouge à miel.* — Arbre de
> Chine , cultivé pour ornement.

786. Gleditschia sinensis , Linné.
> *Févier de Chine.* — Arbre cultivé pour ornement.

787. Cercis siliquastrum , Linné.
> *Gainier.* — *Arbre de Judée.* — *Arbre de Judas.* —
> Arbre de Palestine , cultivé pour ornement.

Famille des **Mimosées**.

788. Mimosa pudica, Linné.
> *Sensitive.* — Plante de l'Amérique méridionale, cultivée pour ornement.

Famille des **Juglandées**.

789. Juglans regia, Linné.
> *Noyer.* — Arbre indigène. — Bois estimé. — Fruit comestible. — Feuilles astringentes.

790. Juglans nigra, Linné.
> *Noyer noir.* — *Noyer d'Amérique.* — Arbre cultivé en Europe, comme le précédent.

791. Carya alba, Nutt.
> *Juglans alba*, Mich. — *Noyer blanc.* — D'Amérique. — Bois très-estimé. — Arbre d'ornement.

Famille des **Salicinées**.

792. Populus alba, Linné.
> *Ipriau.* — *Peuplier blanc.* — *Peuplier de Hollande.* — Arbre cultivé pour ornement.

793. Populus tremulæ, Linné.
> *Peuplier tremble.* — *Tremble.* — Arbre cultivé pour ornement.

794. Populus Canadensis, Michaux.
> *Peuplier du Canada.* — Arbre d'Amérique, cultivé pour ornement.

795. Populus balsamifera, Linné.

> *Baumier. — Tacamahaca.* — Fournit la résine *Tacamahaca*, employée en médecine. — Arbre d'Amérique, cultivé pour ornement.

796. Salix fragilis, Linné.

> Plante indigène, cultivée pour clôture.

797. Salix pentandra, Linné.

> *Saule laurier.* — Arbrisseau d'ornement.

798. Salix babyloniea, Linné.

> *Saule pleureur.* — Originaire d'Orient, cultivé pour ornement.

799. Salix daphnoides, Will.

> *Saule noir. — Saule à bois glauque.* — Arbrisseau d'ornement et de clôture.

800. Salix caprœa, Linné.

> *Saule Marceau.* — Arbrisseau cultivé.

801. Salix cinerea, Linné.

> Moselle.

———

Famille des **Quercinées**.

802. Castanea vulgaris, Lamck.

> *Fagus castanea*, Linné. — *Châtaignier.* — Arbre cultivé pour les fruits et comme ornement.

803. Fagus sylvatica, Linné.

> *Hêtre. — Fayard.* — Cultivé pour le bois. — Graine oléagineuse. — Arbre d'ornement.
> Variété *a. Pendula.*
> — *b. Purpurea.*
> — *c.* — *pendula.*
> — *d. Cristata.*

14

804. Quercus pedunculata, Wild.

Quercus robur, Linné. — Chêne commun. — Chêne à grappes. — Grapelin roure. — Arbre indigène.

805. Quercus sessiliflora, Sm.

Quercas robur, Linné. — Chêne à trochets. — Durelin. — Rouvre. — Arbre indigène.

806. Corylus avellana, Linné.

Coudrier. — Noisettier. — Arbrisseau d'ornement. — Fruit comestible.

807. Carpinus betulus, Linné.

Charme. — Arbre indigène, bois estimé.

Famille des **Bétulinées**.

808. Betula alba, Linné.

Bouleau. — Bouillard. — Bois à balai. — Arbre indigène, cultivé pour ornement.

809. Betula pubescens, Thumb.

Bouleau pubescent. — Arbre indigène, cultivé pour ornement.

810. Betula lenta, Linné.

Bouleau odorant. — Arbre d'Amérique, cultivé pour ornement.

811'. Betula papyrifera, Mich.

Arbre à Ceriot. — Arbre d'Amérique, cultivé pour ornement.

812. Alnus glutinosa, Gœrt,

Betula Alnus, Linné. — Aulne. — Anée. — Arbre indigène, cultivé pour l'ornement.

813. Alnus incana, Wild.

> *Betula Alnus*, B. Linné. — Arbre indigène.

814. Alnus viridis, DC.

> Arbrisseau des Alpes, cultivé pour ornement.

815. Alnus cordifolia, Linné.

> Arbre du Midi, cultivé pour ornement.

Famille des **Taxinées**.

816. Gincko biloba, Linné.

> *Salisbura adianthifolia*, Sw. — *Arbre aux quarante écus.* — Arbre originaire du Japon. — Celui qui existe à l'ancien jardin botanique de la rue des Capucins, est l'un des plus beaux de l'Europe.

817. Taxus baccata, Linné.

> *If.* — Bois très-estimé. — Plante d'ornement.

818. Taxodium distichum, Rich.

> *Cupressus distichus*, Linné. — *Cyprès chauve d'Amérique.* — *Cyprès de la Louisiane.* Cultivé pour ornement.

Famille des **Cupressinées**.

819. Cupressus sempervirens, Linné.

> *Cyprès.* — Arbre d'Orient, cultivé pour ornement.

820. Thuya orientalis, Linné.

> *Thuia.* — Arbrisseau de Chine, cultivé pour ornement.

821. Thuya occidentalis, Linné.

> *Arbre de vie.* — *Thuia thériacal.* — Arbre de l'Amérique, cultivé pour ornement.

822. Juniperus communis , Linné.

    Genèvrier. — Arbrisseau indigène. — Fruits diuré-
tiques.

823. Juniperus sabina , Linné.

    Alpes. — Arbrisseau dont les feuilles sont employées
en médecine.

———

Famille des **Abiétinées**,

824. Picea excelsa , Linné.

    Pinus abies, Linné. — *Abies excelsa,* DC. — *Epicœa.*
— *Pesse.* — *Serente.* — *Faux sapin.* — *Sapin de Nor-
vège.* — Arbre indigène très-utile. — Cultivé pour
ornement

825. Picea alba , Linck.

    Abies alba , Poir. — *Sapinette blanche.* — Originaire
du Canada , cultivé pour ornement.

826. Picea nigra , Linck.

    Abies nigra , Poir. — *Sapinette noire.* — Amérique
boréale , cultivé pour ornement.

827. Picea canadensis , Linck.

    Abies canadensis , Michaux. — Arbre de l'Amérique
du nord , cultivé pour ornement.

828. Abies pectinata , DC.

    Pinus picea, Linné. — *Sapin.* — *Avet.* — *Sapin des
Vosges.* — *Sapin argenté.* — *Sapin blanc.* — *Sapin de
Normandie.* — *Sapin à feuille d'If.* — Arbre cultivé
pour ornement.

829. Abies pinsapo , Boiss.

    Arbre d'Andalousie , cultivé comme ornement.

830. Larix Europœa , DC.

Pinus larix , Linné. — *Melèze*. — Arbre des Alpes , cultivé pour ornement.

831. Cedrus Libani, Barr.

Pinus Cedrus , Linné. — *Cèdre*. — Arbre du Liban, cultivé pour ornement.

832. Pinus Sylvestris, Linné.

Pin commun. — Pin Sylvestre. — Pin de Genève. — Pin de Russie. — Pin de Riga. — Pin de mâture. — Pinasse. — Arbre indigène , très-utile.

833. Pinus laricio, Linné.

Pin de Corse. — Pin d'Autriche. — Cultivé pour ornement.

834. Pinus pinea , Linné.

Pin cultivé. — Pin de pierre. — Pin bon. — Pin doux. — Arbre du Midi, cultivé pour ornement, graine oléagineuse, alimentaire.

835. Pinus strobus , Linné.

Pin Weymouth. — Arbre d'Amérique, cultivé comme ornement.

836. Pinus cembro, Linné.

Ecuvé. — Alviers. — Teinier. — Cimbra. — Arbre des Alpes. — Cultivé comme ornement.

837. Araucaria Imbricata , Ruiz-P.

Arbre du Chili. — *Dombeja Chilensis*, Lamb. — Cultivé pour ornement.

CATALOGUE ALPHABÉTIQUE DES PLANTES

Cultivées au Jardin Botanique de Metz en 1868.

N. B. Les Numéros placés à la suite du nom de la plante indiquent le numéro d'ordre de cette plante dans le catalogue précédent, lequel est disposé suivant la classification adoptée à l'Ecole Botanique du Muséum d'histoire naturelle de Paris.

Les Astérisques placés avant les Noms indiquent les Plantes qui figurent dans l'École de Frescatelly.

	Nos			Nos
Abies pectinata, Boiss.	828		* Allium scorodoprasum, Lin.	116
— pinsapo, DC.	829		* — ursinum, Linné.	111
* Acanthus mollis, Linné.	303		Alnus cordifolia, Tent.	815
* — spinosus, Linné.	304		— glutinosa, Gœrt.	812
Acer platanoides, Linné.	413		— incana, Wilden.	813
— pseudo platanus, Linné	414		— viridis, DC.	814
* Achillea ptarmica, Linné.	202		* Alsine setacea, Fentz.	550
* Aconitum lycoctonum, Linné.	507		* Alstrœmeria pelegrina, Linné.	148
* — paniculatum, Linné.	508		* Althœa officinalis, Linné.	390
* Actœa spicata, Linné.	509		* — rosea, Cav.	391
* Adiantum capill. vener., Lin.	5		* Alyssum maritimum, Lamck	451
* — pedatum, Linné.	6		* — montanum, Linné.	452
* Adonis vernalis, Linné.	496		* Amarantus caudatus, Linné.	665
* Ægilops ovata, Linné.	63		* Amaryllis belladonnæ, Lin.	141
Ægopodium podagraria, Lin.	603		* Ammi majus, Linné.	602
Æsculus hyppocastanum, Lin.	416		Amorpha fruticosa, Linné.	758
— rubicunda, Ladd.	417		Ampelopsis hederacea, DC.	423
* Æthusa sinapium, Linné.	611		Amygdalus amara, J. B.	716
Ailanthus glandulosa, Def.	409		— nana, Linné.	717
* Aira flexuosa, Linné.	43		* Anacamptis pyramidalis, Lin.	167
* Ajuga reptans, Linné.	336		Ananassa vulgaris, Lindl.	163
Agave americana, Linné.	149		* Anchusa Italica, Retz.	261
* Agraphis nutans, Sm.	124		* Andropogon ischœnum, Lin.	36
* Agrimonia eupatoria, Linné.	706		* Anemone nemorosa, Linné.	494
* Agrostemma githago, Linné.	540		— pulsatilla, Linné.	493
* Alchemilla vulgaris, Linné.	707		* Anomatheca juncea, Kir.	158
Alkanna tinctoria, Tausch.	260		* Anthemis nobilis, Linné.	203
* Alliaria erysimum, DC.	439		* Anthericum liliastrum, Lin.	110
* Allium cepa, Linné.	115		* Anthyllis vulneraria, Linné.	767
* — moli, Linné.	112		* Anthirrhinum majus, Lind.	287
* — oleraceum, Linné.	113		* Apium graveolens, Linné.	600
* — porrum, Linné.	118		* Aquilegia canadensis, Linné.	505
* — sativum, Linné.	117		Arachis hypogea, Linné.	735
* — schœnoprasum, Linné	114		Araucaria imbricata, Retz.	837

ERRATUM

Page 5, ligne 2, au lieu de *Félicinées*, lisez : *Filicinées*.

Metz, Imp. J. Verronnais.

www.ingramcontent.com/pod-product-compliance
Lightning Source LLC
Chambersburg PA
CBHW060830250626
47162CB00005B/2011